古樂苑

（第三册）

电子科技大学出版社

第三册目録

古樂苑卷第十八

西吳　梅鼎祚　補正
東越　呂胤昌　校閲

相和歌辭清調曲

清調曲二

塘上行

五解　鄴都故事曰魏文帝甄皇后中山無極人袁紹據鄴與中子熈娶后爲妻後太祖破紹文帝時爲太子遂以后爲夫人后爲郭皇后所譖賜死臨終爲詩樂府解題曰晉樂奏魏武帝蒲生篇而諸集錄皆言甄后所作歎以讒訴見弃猶幸得新好不遺故惡焉今詳詩意葢初見弃所作似非臨終詩也

魏甄后

蒲生我池中蒲生我池中其葉何離離傷能行人儀莫

能縷自知衆口鑠黃金使君生別離一解念君去我時念君去我時獨愁常苦悲想見君顏色感結傷心脾今悉夜夜愁不寐二解莫用豪賢故莫用豪賢故弃捐素所愛莫用魚肉貴弃捐葱與薤莫用麻枲賤弃捐菅與蒯三解倍恩者苦枯倍恩者苦枯蹶船常苦沒教君安息定愼莫致倉卒念與君一共離別亦當何時共坐復相對四解出亦復苦愁入亦復苦愁邊地多悲風樹木何蕭蕭今日樂相樂延年壽千秋五解 右一曲晉樂所奏宋書每解前疊二句

蒲生我池中其葉何離離傷能行仁義莫若妾自知衆口鑠黃金使君生別離念君去我時獨愁常苦悲想見

君顏色感結傷心脾念君常苦悲夜夜不能寐莫以豪賢故弃捐素所愛莫以魚肉賤弃捐葱與薤莫以麻枲賤弃捐菅與蒯出亦復苦愁入亦復苦愁邊地多悲風樹木何脩脩從軍致獨樂延年壽千秋右一曲本辭

蒲生我池中綠葉何離離豈無蒹葭艾與君生別離念君去我時獨愁常苦悲想見君顏色感結傷心脾念君常苦意夜夜不能寐莫以豪賢故弃捐素所愛莫以魚肉賤弃捐葱與薤莫以麻枲賤弃捐菅與蒯倍恩者苦枯蹶船常苦沒教君安息定慎莫致倉卒與君一別離何時復相對出亦復苦愁入亦復苦愁邊地多悲風樹木何椱椱從君致獨樂延年壽千秋載詩話補遺

同前沈約有江蘺生幽渚出此　晉陸機

江蘺生幽渚微芳不足宣被蒙風雲會移居華池邊發

藻玉臺下垂影滄浪泉露潤旣已渥結根輿且堅四節
逝不處繁華難久鮮淑氣與時殞餘芳隨風捐天道有
遷易人理無常全男懽智傾愚女憂衰避妍不惜微軀
退恒懼蒼蠅前願君廣末光照妾薄暮年雲一作雨泉一作淵

同前　宋謝惠連

芳萱秀陵阿菲質不足營幸有忘憂用移根託君庭垂
穎臨清池擢彩仰華甍霑渥雲雨潤葳蕤吐芳馨願君
春傾葉留景惠餘明

塘上行苦辛篇　梁劉孝威

蒲生伊何陳曲中多苦辛黃金坐銷鑠白玉遂淄磷裂

衣工毀嫡掩袖切讒新嫌成跡易已愛去理難申秦雲猶變色魯日尚迴輪妾歌已唱斷君心終未親

蒲生行浮萍篇　魏陳思王植

浮萍寄清水隨風東西流結髮辭嚴親來爲君子仇恪勤在朝夕無端獲罪尤在昔蒙恩惠和樂如瑟琴何意今摧頹曠若商與參茱萸自有芳不若桂與蘭新人雖可愛無若故所歡行雲有返期君恩儻中還慊慊仰天歎愁心將何愬日月不恒處人生忽若寓悲風來入懷淚下如垂露發篋造裳衣裁縫紈與素懷一作帷裳一作新

蒲生行本集不載　齊謝朓

蒲生廣湖邊託身洪波側春露惠我澤秋霜縟我色根葉從風浪常恐不永植攝生各有命豈云智與力安得遊雲上與爾同羽翼

蒲生我池中　梁元帝

池中種蒲葉葉影蔭池濱未好中宮薦行堪隱士輪爲書聊可截匹柳復宜春瑞葉生苻苑鏤碧獻周人

江蘺生幽渚一作塘上行　梁沈約

澤蘭被荒徑孤芳豈自通幸逢瑶池曠得與金芝叢朝承紫臺露夕潤綠池風既美脩嫮女復悦繁華童夙昔玉霜滿旦暮翠條空葉飄儲胥右芳歇露寒東紀化尚

盈其俗志信積隆財殫交易絶華落愛難終所惜改驩
聘豈恨逐征蓬願回昭陽景持照長門宮持一作時

秋胡行二首　西京雜記曰魯人秋胡娶妻三月而遊宦三年休還家其婦採桑於郊胡至郊而不識其妻也見而悅之乃遺黃金一鎰妻曰妾有夫遊宦不返幽閨獨處三年于茲未有被辱於今日也採桑不顧胡慚而退至家問妻何在曰行採桑於郊未返既歸還乃向所挑之婦也夫妻並慚妻赴沂水而死列女傳曰魯秋潔婦者魯秋胡之妻也既納之五日去而宦於陳五年乃歸未至其家見路傍有美婦人方採桑而説之下車謂曰力田不如逢豐年力桑不如見國卿今吾有金願以與夫人婦曰採桑力作紡績織絍以供衣食奉二親養夫子已矣不願人之金秋胡遂去歸至家奉金遺母使人呼其婦婦至乃嚮採桑者也婦汙其行去而東走自投於河而死樂府解題曰後人哀而賦之爲秋胡

行若魏文帝辭云堯任舜禹當復何爲亦題曰秋胡行曹植秋胡行但歌魏德而不取秋胡事與文帝辭同

魏武帝

晨上散關山此道當何難晨上散關山此道當何難牛頓不起車墮谷間坐盤石之上彈五弦之琴作爲清角韻意中迷煩歌以言志晨上散關山解一有何三老公卒來在我傍有何三老公卒來在我傍負揜被裘似非恒人謂卿云何困苦以自怨徨徨所欲來到此間歌以言志有何三老公解二我居崑崙山所謂者眞人我居崑崙山所謂者眞人道深猶可得名山歷觀遨遊八極枕石嗽流飲泉沈吟不決遂上升天歌以言志我居崑崙山

去去不可追，長恨相牽攀。去去不可追，長恨相牽攀。（三解）夜夜安得寐，惆悵以自憐。正而不譎，辭賦依因經傳所過。西來所傳，歌以言志。去去不可追。（四解）（猶一作 有辭一作乃）

願登泰華山，神人共遠遊。願登泰華山，神人共遠遊。經歷崑崙山，到蓬萊。飄颻八極，與神人俱。思得神藥，萬歲爲期。歌以言志。願登泰華山。（一解）

天地何長久，人道居之短。天地何長久，人道居之短。世言伯陽，殊不知老；赤松王喬，亦云得道。得之未聞，庚以壽考。歌以言志。天地何長久。（二解）

明明日月光，何所不光昭。明明日月光，何所不光昭。二儀合聖化，貴者獨人不？萬國率土，莫非王臣。仁義爲名禮樂爲榮歌以言志明明日月光三解四時更逝去晝夜以成歲四時更逝去晝夜以成歲大人先天而天弗違不戚年往憂世不治存亾有命慮之爲蚩歌以言志四時更逝去四解戚戚欲何念歡笑意所之戚戚欲何念歡笑意所之壯盛智慧殊不再來愛時進趣將以惠誰泛泛放逸亦同何爲歌以言志戚戚欲何念五解右二曲魏晉樂所奏

同前三首　魏文帝

堯任舜禹當復何爲百獸率舞鳳皇來儀得人則安失人則危唯賢知賢人不易知歌以詠言誠不易移鳴條

之後萬舉必全明德通靈降福自天右曲一作歌頌魏德

朝與佳人期日夕殊不來嘉肴不嘗旨酒停杯寄言飛鳥告余不能俯折蘭英仰結桂枝佳人不在結之何爲從爾何所之乃在大海隅靈若道言貽爾明珠企予望之步立躊躇佳人不來何得斯須右曲一作佳人期

汎汎綠池中有浮萍寄身流波隨風靡傾芙蓉含芳菡萏垂榮朝采其實夕佩其英采之遺誰所思在庭雙魚比目鴛鴦交頸有美一人婉如清揚知音識曲善爲樂方右曲一作浮萍篇有美四句又見善哉行

同前七首本集題云重作四言詩　嵇康

富貴尊榮憂患諒獨多富貴尊榮憂患諒獨多古人所
懼豐屋蔀家人害其上獸惡網羅惟有貧賤可以無他
歌以言之富貴憂患多
貧賤易居貴盛難爲工貧賤易居貴盛難爲工恥佞直
言與禍相逢變故萬端俾吉作凶思牽黃犬其計莫從
歌以言之貴盛難爲工（其計莫從樂府作其莫之從）
勞謙寡悔忠信可久安勞謙寡悔忠信可久安天道害
盈好勝者殘彊梁致災多招禍患欲得安樂獨有無愆
歌以言之忠信可久安（害一作惡多下一有事字）
役神者弊極欲疾枯役神者弊極欲疾枯顏回短折不

及童烏縱體淫恣莫不蚤徂酒色何物今自不辜歌以
言之酒色令人枯
絶智弃學遊心於玄默絶智弃學遊心於玄默遇過而
悔當不自得垂釣一壑所樂一國被髪行歌和者四塞
歌以言之遊心於玄默
思與王喬乘雲遊八極思與王喬乘雲遊八極凌厲五
岳忽行萬億授我神藥自生羽翼呼吸太和鍊形易色
歌以言之思行遊八極（之下一無思字）
徘徊鍾山息駕於層城徘徊鍾山息駕於層城上蔭華
蓋下采若英受道王母遂升紫庭逍遙天衢千載長生

歌以言之徘徊於層城

同前 二首後首題云和秋胡一云和班氏詩 晉傅玄

秋胡子娶婦三日會行仕宦旣享顯爵保茲德音以祿顧親韞此黃金覩一好婦採桑路傍遂下黃金誘以逢卿玉磨逾潔蘭動彌馨源流潔清水無濁波奈何秋胡中道懷邪美此節婦高行巍峩哀哉可愍自投長河

秋胡納令室三日宦他鄉皎皎潔婦姿泠泠守空房燕婉不終夕別如參與商憂來猶四海易感難可防人言生日短愁者苦夜長百草揚春華攘腕採柔桑素手尋繁枝落葉不盈筐羅衣翳玉體回目流綵章君子倦仕

歸車馬如龍驤精誠馳萬里既至兩相忘行人悅令顏借息此樹傍誘以逢卿喻遂下黃金裝烈烈貞女忿言辭厲秋霜長驅及居室奉金升北堂毋立呼婦來歡情樂未央秋胡見此婦惕然懷探湯負心豈不慙永誓非所望清濁必異源梟鳳不並翔引身赴長流果哉潔婦腸彼夫既不淑此婦亦太剛至一作去借一作情

同前　陸機

道雖一致塗有萬端吉凶紛藹休咎之源人鮮知命命未易觀生亦何惜功名所歎

同前九首集云秋胡詩文選不在樂府　宋顏延之

椅梧傾高鳳寒谷待鳴律影響豈不懷自遠每相匹婉

彼幽閑女作嬪君子室峻節貫秋霜明豔侔朝日嘉運

旣我從欣願自此畢

燕居未及好良人顧有違脫巾千里外結綬登王畿戒

徒在昧旦左右來相依驅車出郊郭行路正威遲存爲

久離別沒爲長不歸好五臣作歎

嗟余怨行役三陟窮晨暮嚴駕越風寒解鞍犯霜露原

隰多悲涼迴飈卷高樹離獸起荒蹊驚鳥縱橫去悲哉

遊宦子勞此山川路

超遥行人遠宛轉年運徂良時爲此別日月方向除孰

知寒暑積僶俛見榮枯歲暮臨空房涼風起坐隅寢興
日已寒白露生庭蕪（時五臣作人）
勤役從歸願反路遵山河昔辭秋未素今也歲載華蠶
月歡時暇桑野多經過佳人從所務窈窕援高柯傾城
誰不顧弭節停中阿（歡一作觀）
年往誠思勞路遠闊音形雖為五載别相與昧平生捨
車遵往路鳧藻馳目成南金豈不重聊自意所輕義心
多苦調密比金玉聲
高節難久淹朅來空復辭遲遲前途盡依依造門基上
堂拜嘉慶入室問何之日暮行采歸物色桑榆時美人

望昏至慙歎前相持（朵一作來）
有懷誰能已聊用申苦難離居殊年載一别阻河關春
來無時豫秋至恒早寒明發動愁心閨中夜長歎慘悽
歲方晏日落遊子顔（難補註作艱夜一作起）
高張生絶絃聲急由調起自咎枉兖塵結心固終始如
何久爲别百行愆諸巳君子失明義誰與偕沒齒愧彼
行露詩甘之長川汜（心一作言）

同前二首　宋謝惠連

春日遲遲桑何蔞蔞紅桃含妖綠柳舒荑邂逅粲者遊
渚戲蹊華顔易改良願難諧（遊一作遵）

繫風捕影誠知不得念彼奔波意慮廻惑漢女倏忽洛神飄揚空勤交甫徒勞陳王

同前 七首題云和南海王殿下詠秋胡妻一不云樂府 齊王融

日月共爲照松筠俱以貞佩分甘自遠結鏡待君明且恊金蘭好方愉琴瑟情佳人忽千里空閨積思生（空一作幽）景落中軒坐悠悠望城闕高樹升夕煙曾樓滿初月光陰非或異山川屢難越輟泣拚鉛姿搔首亂雲髮傾魄屬徂火搖念待方秋涼氣承宇結明熠儤堦流三星亦虛映四屋慘多愁思君如萱草一見乃忘憂杼軸鬱不諧契濶迷新故朔風櫊上發寒鳥林間度客

逵之衣裘歲晏饒霜露參差與別緒依遲起離慕杼軸一作衿袖遲一作違

願言如可信行邁亦云反睇景不告勞瞻途寧遽遠何以淹歸轍蠶妾事春晚送目亂前華馳心迷舊娩椒佩容有結振芳岐路隅黃金徒以賦白珪終不渝明心良自皎安用久踟躕遄車及枌巷流日下西虞日一作目披帷悵有望出門遲所欲彼美復來儀慙顏變欣矚蘭艾隔芳蘅涇渭分清濁去去夫人子請徇川之曲悵一作惕蘅一作臭

古樂苑卷第十八 終

古樂苑卷第十九

西吳　梅鼎祚　補正
東越　呂胤昌　校閱

相和歌辭 瑟調曲

瑟調曲一

古今樂錄曰王僧虔技錄瑟調曲有善哉行隴西行折楊柳行西門行東門行東西門行却東西門行順東西門行飲馬行上留田行新成安樂宮行婦病行孤子生行放歌行大墻上蒿行野田黃爵行釣竿行臨高臺行長安城西行武舍之中行鴈門太守行豔歌何嘗行豔歌福鍾行豔歌雙鴻行煌煌京洛行帝王所居行門有車馬客行墻上難用趨行日重光行蜀道難行櫂歌行有所思行蒲坂行採梨橘行白楊行胡無人行青龍行公無渡河行荀氏錄所載十五

曲傳者九曲武帝朝日自惜古公文帝朝遊上山明帝赫赫我徂古辭來日並善哉古辭羅敷豔歌行是也其六曲今不傳五嶽善哉行武帝鴻鴈却東西門行長安長安城西行雙鴻福鍾並豔歌行牆上牆上難用趨行是也其器有笙笛節琴瑟箏琵琶七種歌弦六部張永錄云未歌之前有七種弦又在弄後晉宋齊止四器也

善哉行

六解宋書樂志作古辭詩紀云或以爲曹子建詩按子建擬善哉行爲日苦短云當來日大難則此非子建作矣

古辭

來日大難口燥脣乾今日相樂皆當喜歡一解經歷名山芝草翻翻仙人王喬奉藥一九二解自惜袖短內手知寒慙無靈輒以報趙宣三解月沒參橫北斗闌干親交在門飢不及餐四解歡日尚少戚日苦多以何忘憂彈箏酒歌

五解

淮南八公要道不煩參駕六龍遊戲雲端六解右一曲魏晉樂所奏

同前二首　　魏武帝

古公亶甫積德垂仁思弘一道哲王於豳一解太伯仲雍王德之仁行施百世斷髮文身二解伯夷叔齊古之遺賢讓國不用餓殂首山三解智哉山甫相彼宣王何用杜伯累我聖賢四解齊桓之霸賴得仲父後任豎刁蟲流出戶五解晏子平仲積德兼仁與世沈德未必思命六解仲尼之世王國爲君隨制飲酒揚波使官七解

自惜身薄祜夙賤罹孤苦既無三徙教不聞過庭語一解

其窮如抽裂自以思所怙雖懷一介志是時其能與二解守窮者貧賤惋歎淚如雨泣涕於悲夫乞活安能覩三解我願於天窮琅琊傾側左雖欲竭忠誠欣公歸其楚四解快人由爲歎抱情不得敘顯行天教人誰知莫不緒五解我願何時隨此歎亦難處今我將何照於光曜釋銜不如雨六解右二曲魏晉樂所奏

同前 四首朝日一首初學記載第一解題云於講堂作朝遊一首藝文題云銅雀園詩宋書無有美一首　文帝

上山采薇薄暮苦飢溪谷多風霜露霑衣一解野雉羣雊猨猴相追還望故鄉鬱何壘壘二解高山有崖林木有枝

憂來無方人莫之知三解人生若寄多憂何爲今我不樂歲月其馳四解湯湯川流中有行舟隨波轉薄有似客遊五解策我良馬被我輕裘載馳載驅聊以忘憂六解歲一作日其一作如

有美一人婉如清揚妍姿巧笑和媚心腸知音識曲善爲樂方哀絃微妙清氣含芳流鄭激楚度宮中商感心動耳綺麗難忘離鳥夕宿在彼中洲延頸鼓翼悲鳴相求眷然顧之使我心愁嗟爾昔人何以忘憂

朝日樂相樂酣飲不知醉悲絃激新聲長笛吐清氣一解弦歌感人腸四座皆歡悅寥寥高堂上涼風入我室二解

持滿如不盈有德者能卒君子多苦心所愁不但一　解三

慊慊下白屋吐握不可失衆賓飽滿歸主人苦不悉　解四

比翼翔雲漢羅者安所羇沖靜得自然榮華何足爲　解五

朝遊高臺觀夕宴華池陰大酋奉甘醪狩人獻嘉禽　解一

齊倡發東舞秦箏奏西音有客從南來爲我彈清琴　解二

五音紛繁會拊者激微吟淫魚乘波聽踴躍自浮沈　解三

飛鳥翻翔舞悲鳴集北林樂極哀情來憀亮摧肝心　解四

清角豈不妙德薄所不任大哉子野言弭弦且自禁　解五

右四曲魏晉樂所奏

同前二首　明帝

我徂我征伐彼蠻虜練師簡卒爰正其旅一解輕舟竟川
初鴻依浦桓桓猛毅如羆如虎二解發砲若雷吐氣成雨
旄旌指麾進退應矩三解百馬齊轡御由造父休休六軍
咸同斯武四解兼塗星邁亮兹行阻行行日遠西背京許
五解遊弗淹旬遂屆揚土奔寇震懼莫敢當御六解虎臣列
將怫鬱充怒淮泗肅清奮揚微所七解運德燿威惟鎮惟
撫反旆言歸告入皇祖八解 六解下有云權實豎子備則以虜假氣游魂魚鳥爲伍
赫赫大魏王師徂征冒暑討亂振燿威靈一解泛舟黃河
隨波潺湲通渠回越行路綿綿二解綵旄蔽日旌旒翳天
淫魚瀺灂遊嬉深淵三解唯塘泊從如流不爲單握揚楚

心惆悵歌採薇心綿綿在淮肥願君速捷蚤旋歸四解　右二曲魏晉樂所奏　前曲羆一作貔成一作如告入一作旆入後曲嬉一作戲泊一作洎捷一作節

同前　宋謝靈運

陽谷躍升虞淵引落景曜東隅晼晩西薄三春燠敷九秋蕭索涼來溫謝寒往暑却居德斯頤積善嬉謔陰灌陽叢凋華墮萼歡去易慘悲至難鑠擊節當歌對酒當酌鄙哉愚人戚戚懷瘼善哉達士滔滔處樂擊節郭本作激滞

同前集雜體詩云擬魏文遊宴姑從郭本收入　梁江淹

置酒坐飛閣逍遙臨華池神飇自遠至左右芙蓉披綠竹夾清水秋蘭被幽崖月出照園中冠佩相追隨客從

南楚來爲我吹參差淵魚猶伏浦聽者未云罷高文一何綺小儒安足爲肅肅廣殿陰雀聲愁北林衆賓還城邑何用慰我心（我一作吾）

當來日大難（曹植擬善哉行爲日苦短）　魏陳思王植

日苦短樂有餘乃置玉罇辦東廚廣情故心相於闔門置酒和樂欣欣遊馬後來轅車解輪今日同堂出門異鄉別易會難各盡杯觴

長笛吐清氣（出魏文帝善哉行辭）　陳周弘讓

商聲傳後出龍吟鬱前吐情斷山陽舍氣咽平陽塢胡騎爭北歸偏知別鄉苦羈旅情易傷零淚如交雨

同前　　賀徹

胡關氛霧侵羌笛吐清音韻切山陽曲聲悲隴上吟柳折城邊樹梅舒嶺外林方知出塞虜不憚武溪深

隴西行 通典云秦置隴西郡以居隴坻之西爲名按此篇前後不屬一曰步出夏門行樂錄無夏門行而夏門後四句與隴西首同豈邪徑過空廬合爲樂甚獨殊爲一曲好婦別爲一曲邪今附列二首于後辭義明備頗爲得之王僧虔技錄曰隴西行歌武帝碣石文帝夏門二篇

古辭

天上何所有歷歷種白榆桂樹夾道生青龍對道隅鳳凰鳴啾啾一母將九雛顧視世間人爲樂甚獨殊好婦出迎客顏色正敷愉伸腰再拜跪問客平安不請客北

堂上坐客氈氍毹清白各異樽酒上正華疏酌酒持與客客言主人持却略再拜跪然後持一杯談笑未及竟左顧敕中厨促令辦麤飯慎莫使稽留廢禮送客出盈盈府中趨送客亦不遠足不過門樞取婦得如此齊姜亦不如健婦持門戶亦勝一丈夫此篇出諸集不入樂志

邪徑過空廬好人常獨居卒得神仙道上與天相扶過謁王父母乃在太山隅離天四五里道逢赤松俱攬轡爲我御將我上天遊天上何所有歷歷種白榆桂樹夾道生青龍對道隅鳳皇鳴啾啾一母將九雛顧視世間人爲樂甚獨殊

好婦出迎客顏色正敷愉伸腰再拜跪問客平安不請客北堂上坐客氈氍毹清白各異樽酒上正華疏酌酒持與客客言主人持却略再拜跪然後持一杯談笑未及竟左顧敕中厨促令辦麤飯慎莫使稽留

廢禮送客出盈盈府中趨送客亦不遠足不過門樞
取婦得如此齊姜亦不如健婦持門戶亦勝一丈夫

同前　　晉陸機

我靜如鏡民動如煙事以形兆應以象懸豈曰無才世
鮮興賢

同前　　宋謝靈運

昔在老子志理成篇柱小傾大綆短絕泉鳥之栖遊林
檀是閑韶樂牢膳豈伊攸便胡爲乖枉從表方圓耿耿
僚志慊慊丘園善歌以詠言理成篇志一作至

同前　　謝惠連

運有榮枯道有舒屈潛保黃裳顯服朱黻誰能守靜弃

華辭榮窮谷是處考槃是營千金不迴百代傳名厥包者柚忿憂者萱何爲有用自乖中原實摘柯摧葉殞條煩

同前三首後二首一作洮舟橫大江按篇中各云隴西且其辭義絶與大江無預簡文自有滄波白日暉一篇此二篇郭本列隴西行爲是　梁簡文帝

邊秋胡馬肥雲中驚寇入勇氣時無侶輕兵救邊急沙平不見虜嶂嶮還相及出塞豈成歌經川未遑汲烏孫塗更阻康居路猶澀月暈抱龍城星流照馬邑長安路遠書不還寧知征人獨佇立時一作特嶮一作轉

隴西四戰地羽檄歲時聞護羌擁漢節校尉立元勳石

門留鐵騎冰城息夜軍洗兵行驟雨送陣出黃雲沙長無止泊水脉屢縈分當思勒彝鼎無用想羅裙悠悠懸旆旌知向隴西行減竈驅前馬銜枚進後兵沙飛朝似幕雲起夜疑城迴山時阻路絕水極稽程徃年郅支服今歲單于平方觀凱樂盛飛蓋滿西京

同前　庾肩吾

借問隴西行何當驅馬征草合前迷路雲濃後闇城寄語幽閨妾羅袖勿空縈

步出夏門行　古辭

邪徑過空廬好人常獨居卒得神仙道上與天相扶過

謁王父母乃在太山隅離天四五里道逢赤松俱攬轡爲我御將我上天遊天上何所有歷歷種白楡桂樹夾道生青龍對伏趺

同前（四解本集作步出東西門行一曰碣石篇樂志曰碣石魏武帝辭晉以爲碣石舞其歌四章一曰觀滄海二曰冬十月三曰土不同四曰龜雖壽與此並同但曲前無豔爾）

魏武帝

雲行雨步超越九江之皐臨觀異同心意懷游豫不知當復何從經過至我碣石心惆悵我東海（雲行至此爲豔）

東臨碣石以觀滄海水何澹澹山島竦峙樹木叢生百草豐茂秋風蕭瑟洪波踴起日月之行若出其中星漢

燦爛若出其裏幸甚至哉歌以詠志觀滄海一解 孟冬十月北風徘徊天氣肅清繁霜霏霏鵾雞晨鳴鴻鴈南飛鷙鳥潛藏熊羆窟棲錢鎛停置農收積場逆旅正設以通賈商幸甚至哉歌以詠志冬十月二解 鄉土不同河朔隆寒流澌浮漂舟船行難錐不入地豐藾深奥水竭不流氷堅可蹈士隱者貧勇俠輕非心常歎怨戚戚多悲幸甚至哉歌以詠志河朔寒三解 神龜雖壽猶有竟時騰蛇乘霧終爲土灰老驥伏櫪志在千里烈士暮年壯心不已盈縮之期不但在天養怡之福可得永年幸甚至哉歌以詠志龜雖壽四解

同前二解一曰　明帝

步出夏門東登首陽山詹哉夷叔仲尼稱賢君子退讓小人爭先惟斯二子于今稱傳林鍾受謝節改時遷日月不居誰得久存善哉殊復善弦歌樂情一解商風夕起悲彼秋蟬變形易色隨風東西乃眷西顧雲霧相連丹霞蔽日彩虹帶天弱水潺潺葉落翩翩孤禽失羣悲鳴其間善哉殊復善悲鳴在其間二解朝遊青泠日暮嗟歸蹙迫日暮烏鵲南飛繞樹三匝何枝可依卒逢風雨樹折枝摧雌來驚雌雌獨愁棲夜失羣侶悲鳴徘徊芃芃荆棘葛生綿綿感彼風人惆悵自憐月盈則沖華不再

繁古來之說嗟哉一言朝游至嗟歸爲豔蹴迫下爲趨　右一曲魏晉樂所奏

林鍾受謝節改時遷日月不居誰得久存商風夕起悲彼秋蟬變形易色隨風東西乃眷西顧雲霧相連丹霞蔽日彩虹帶天谷水潺潺葉落翩翩孤禽失羣悲鳴其間朝游清冷日暮嗟歸蹴迫日暮烏鵲南飛繞樹三匝何枝可依卒逢風雨樹折枝摧雄來驚雌雌獨愁棲夜失羣侶悲鳴徘徊芃芃荆棘葛生綿綿感彼風人惆悵自憐月盈則沖華不再繁古來之說嗟哉一言右一曲疑是前篇本辭

丹霞蔽日行　魏文帝

丹霞蔽日彩虹垂天谷水潺潺木落翩翩孤禽失羣悲鳴雲間月盈則沖華不再繁古來有之嗟我何言明帝步出夏門行八句與此同

同前　　陳思王植

紂爲昏亂虐殘忠正周室何隆一門三聖牧野致功天亦革命漢祖之興階秦之衰雖有南面王道陵夷炎光再幽忽滅無遺虐殘忠正一作殘忠虐正

折楊柳行四解　古今樂錄曰王僧虔技錄云折楊柳行歌文帝西山古默默二篇今不歌　　古辭

默默施行違厥罰隨事來末喜殺龍逢桀放於鳴條一解

祖伊言不用紂頭懸白旄指鹿用爲馬胡亥以喪軀二解夫差臨命絶乃云負子胥戎王納女樂以亾其由余璧馬禍及虢二國俱爲墟三解三夫成市虎慈母投杼趨下和之刖足接輿歸草廬四解

右一曲魏晉樂所奏宋書作大曲

同前四解　魏文帝

西山一何高高高殊無極上有兩仙僮不飲亦不食與我一丸藥光耀有五色一解服藥四五日身體生羽翼輕舉乘浮雲儵忽行萬億流覽觀四海茫茫非所識二解彭祖稱七百悠悠安可原老聃適西戎于今竟不還王喬假虛辭赤松垂空言三解達人識眞僞愚夫好妄傳追念

往古事憒憒千萬端百家多迂恠聖道我所觀四解　右一曲

魏晉樂所奏

同前　晉陸機

邈矣垂天景壯哉奮地雷豐隆豈久響華光但西隤日落似有竟時逝恒若催仰悲朗月運坐觀琁蓋回盛門無再入哀房莫苦開人生固已短出處鮮爲諧慷慨惟昔人興此千載懷升龍悲絕處葛藟變條枚寤寐豈虛歎曾是感與摧弭意無足歎願言有餘哀豐隆一作隆隆　華光一作華華

同前二首　宋謝靈運

鬱鬱河邊樹青青野田草舍我故鄉客將適萬里道妻妾牽衣袂抆淚沾懷抱還拊幼童子顧託兄與嫂辭訣未及終嚴駕一何早負笮引文舟飢渴常不飽誰令爾貧賤咨嗟何所道

騷屑出兌風揮霍見日雪飀飀無久搖皎皎幾時潔未覺泮春冰已復謝秋節空對尺素遷獨視寸陰滅否桑未易繫泰苐難重拔桑苐迭生運語默寄前哲

西門行

古今樂錄曰王僧虔技錄西門行歌古西門一篇今不傳又有順東西門行爲三七言亦傷時顧陰有類於此

古辭

出西門步念之今日不作樂當待何時一解夫爲樂爲樂

當及時何能坐愁怫鬱當復待來茲二解飲醇酒炙肥牛請呼心所歡可用解愁憂三解人生不滿百常懷千歲憂晝短苦夜長何不秉燭遊四解自非仙人王子喬計會壽命難與期自非仙人王子喬計會壽命難與期五解人壽非金石年命安可期貪財愛惜費但為後世嗤六解右一曲晉樂所奏待來茲宋書無待字苦宋書作而

出西門步念之今日不作樂當待何時逮為樂逮為樂當及時何能愁怫鬱當復待來茲釀美酒炙肥牛請呼心所歡可用解憂愁人生不滿百常懷千歲憂晝短苦夜長何不秉燭遊遊行去去如雲除弊車羸馬為自儲

右一曲本辭

東門行

古今樂錄曰王僧虔技錄云東門行歌古東門一篇今不歌

古辭

出東門不顧歸來入門悵欲悲盎中無斗儲還視桁上無懸衣 解一 拔劒出門去兒女牽衣啼他家但願富貴賤妾與君共餔糜 解二 共餔糜上用倉浪天故下爲黃口小兒今時清廉難犯教言君復自愛莫爲非 解三 今時清廉難犯教言君復自愛莫爲非行吾去爲遲平愼行望君歸 四解

右一曲晉樂所奏

出東門不顧歸來入門悵欲悲盎中無斗米儲還視架

上無懸衣扳劒東門去舍中兒毋牽衣啼他家但願富貴賤妾與君共餔糜上用倉浪天故下當用此黃口兒今非咄行吾去爲遲白髮時下難久居右一曲本辭

同前選詩外編作遊春篇　晉張駿

勾芒御春正衡紀運玉璣明庶起祥風和氣翕來征慶雲蔭八極甘雨潤四坰昊天降靈澤朝日耀華精嘉苗布原野百卉敷時榮鳩鵲與鶯黃間關相和鳴芙蓉覆靈沼香花揚芳馨春遊誠可樂感此白日傾休否有終極落葉思本莖臨川悲逝者節變動中情鶯一作鶯芙蓉一作菉萍

同前　宋鮑照

傷禽惡弦驚倦客惡離聲離聲斷客情賓御皆涕零涕零心斷絕將去復還訣一息不相知何況異鄉別遙遙征駕遠杳杳白日晚居人掩閨臥行子夜中飯野風吹草木行子心腸斷食梅常苦酸衣葛常苦寒絲竹徒滿座憂人不解顏長歌欲自慰彌起長恨端白一作落草集作秋

東西門行古今樂錄曰王僧虔技錄云東西門行今不歌

梁劉孝威

廣津寒欲歇聯檣沓纜收天高匝近岫江闊少方舟餞淚畱神眷離歎切私儔佇變齊兒俗當傳楚獻囚徒然頒竝命秪恧恩如抽

却東西門行

古今樂錄曰王僧虔技錄云却東西門行荀錄所載武帝鴻鴈一篇今不傳傅玄鴻鴈生塞北行出此

魏武帝

鴻鴈出塞北乃在無人鄉舉翅萬餘里行止自成行冬節食南稻春日復北翔田中有轉蓬隨風遠飄揚長與故根絶萬歲不相當奈何此征夫安得去四方戎馬不解鞍鎧甲不離傍冉冉老將至何時返故鄉神龍藏深泉猛獸步高岡狐死歸首丘故鄉安可忘右一曲魏晉樂所奏

同前

晉傅玄

和樂惟有舞應節不失機退似前龍婉進如翔鸞飛回目流神兖傾亞有餘姿疑闕

同前　宋謝惠連

慷慨發相思惆悵戀音徽四節競闌候六龍引積機人生隨時變遷化焉可祈百年難必保千慮盈懷之闕誤

同前　梁沈約

驅馬城西阿遥眺想京闕望極煙原盡地遠山河沒搖裝非短晨還歌豈明發脩服悵邊覊瞻途眇鄉謁馳蓋轉徂龍回星引奔月樂去哀鏡滿悲來壯心歇歲華委徂貌年霜移暮鬢辰物久侵晏征思坐淪越清氛掩行夢憂原邊瀛渤一念起關山千里顧丘窟鏡疑作境晏一作尋

鴻鴈生塞北行　晉傅玄

鳳皇遠生海西及時崑山岡五德存羽儀和鳴定宮商百鳥並侍左右鼓翼騰華光上熈遊雲日間千歲時來翔孰若彼龍與龜曳尾泥中藏非雲雨則不升冬伏春廼驤退哀此秋蘭草根絶隨化揚靈氣一何憂美萬里馳芬芳常恐物微易歇一朝見棄忘

順東西門行古今樂錄曰王僧虔技錄云順東西門行今不歌

晉陸機

出西門望天庭陽谷旣虛崦嵫盈感感朝露悲人生逝者若斯安得停桑樞戒蟋蟀鳴我今不樂歲聿征迨未暮及時平置酒高堂宴友生激朗笛彈哀箏取樂今日盡

歡情

同前　宋謝靈運

出西門眺雲間揮斤扶木墮虞泉信道人鑒徂川思樂暫捨誓不旋閔九九傷牛山宿心載違徒昔言競落運務積年招命儕好相追牽酌芳酤奏繁弦惜寸陰情固然（墮一作墜）

同前　謝惠連

哀朝菌閔積力遷化常然焉肯息及壯齒遇世直酌酪華堂集親識舒情盡歡遣悽惻

古樂苑卷第十九終

古樂苑卷第二十

西吳　梅鼎祚　補正
東越　呂胤昌　校閱

相和歌辭 瑟調曲

瑟調曲 二

飲馬長城窟行

一曰飲馬行酈道元水經注曰始皇二十四年使太子扶蘇與蒙恬築長城起自臨洮至于碣石東暨遼海西並陰山凡萬餘里今白道南谷口有長城自城北出有高坂傍有土穴出泉挹之不窮歌錄云飲馬長城窟信非虛言也樂府解題曰古詞傷良人遊蕩不歸或云蔡邕之辭古今樂錄曰王僧虔技錄云飲馬行今不歌

古辭

青青河畔草緜緜思遠道遠道不可思宿昔夢見之夢見在我傍忽覺在他鄉他鄉各異縣展轉不相見枯桑知天風海水知天寒入門各自媚誰肯相爲言客從遠方來遺我雙鯉魚呼兒烹鯉魚中有尺素書長跪讀素書書中竟何如上言加飡飯下言長相憶畔一作邊兒一作童飯一作食言二並作有

同前梁簡文泛舟橫大江出此　魏文帝

浮舟橫大江討彼犯荊虜武將齊貫鉀征人伐金鼓長戟十萬隊幽冀百石弩發機若雷電一發連四五闕

同前　陳琳

飲馬長城窟水寒傷馬骨往謂長城吏慎莫稽留太原卒官作自有程舉築諧汝聲男兒寧當格鬬死何能怫鬱築長城長城何連連連連三千里邊城多健兒內舍多寡婦作書與內舍便嫁莫留住善事新姑嫜時時念我故夫子報書往邊地君今出語一何鄙身在禍難中何爲稽留他家子生男慎莫舉生女哺用脯君獨不見長城下死人骸骨相撐拄結髮行事君慊慊心意關明知邊地苦賤妾何能久自全兒一作少往一作與關一作間

同前一云青青河邊草篇　晉傅玄

青青河邊草悠悠萬里道草生在春時遠道還有期春

至草不生期盡歎無聲感物懷思心夢想發中情夢君如鴛鴦比翼雲間翔既覺寂無見曠如參與商河洛自用固不如中岳安囘流不及反浮雲往自還悲風動思心悠悠誰知者懸景無停居忽如馳駟馬傾耳懷音響轉目淚雙墮生存無會期要君黃泉下期盡一作泣盡

同前　陸機

驅馬陟陰山山高馬不前往問陰山候勁虜在燕然戎車無停軌旌旆屢徂遷仰憑積雪巖俯涉堅氷川冬來秋未反去家邈以緜獫狁亮未夷征人豈徒旋末德爭先鳴凶器無兩全師克薄賞行軍沒微軀捐將遵甘陳

迹收功單于旃振旅勞歸去受爵槀街傳

同前 一云擬青青河畔草　　梁昭明太子統

亭亭山上栢悠悠遠行客行客行路遥故鄉日迢迢迢迢不可見長望涕如霰如霰獨留連長路邈綿綿胡馬愛北風越燕見日喜緼此望鄉情沈憂不能止有朋西南來投我用木李并有一札書行止風雲起护封披書札書札竟何有前言節所愛後言别離久

同前　　沈約

介馬渡龍堆塗縈馬屢迴前訪昌海驛雜種寇輪臺旌幕卷煙雨徒御犯冰埃 闕

同前　陳後主

征馬入他鄉山花此夜光離羣嘶向影因風屢動香月色含城暗秋聲雜塞長何以酬天子馬革報疆場（天一作君）

同前　張正見

秋草朔風驚飲馬出長城羣驚還怯飲地險更宜行傷氷斂凍足畏冷急寒聲無因度吳坂方復入羌城

同前　周王褒

北走長安道征騎每經過戰垣臨八陣旌門對兩和屯兵戍隴北飲馬傍城阿雪深無復道氷合不生波塵飛連陣聚沙平騎跡多昏昏隴坻月耿耿霧中河羽林猶

角觝將軍尚雅歌臨戎常拔劍蒙險屢提戈秋風鳴馬首薄暮欲如何

同前　尚法師

長城征馬度橫行且勞羣入氷穿凍水飲浪聚流文澄鞍如漬月照影若流雲別有長松氣自解逐將軍

同前 集云飲馬長城窟行示從征群臣　隋煬帝

肅肅秋風起悠悠行萬里萬里何所行橫漠築長城豈台小子智先聖之所營樹茲萬世策安此億兆生詎敢憚焦思高枕於上京兩河秉武節千里卷戎旌山川互出沒原野窮超忽摐金止行陣鳴鼓興士卒千乘萬騎

動飲馬長城窟秋昏塞外雲霧暗關山月緣巖驛馬上乘空烽火發借問長安候單于入朝謁濁氣靜天山晨光照高闕釋兵仍振旅要荒事方舉飲至告言旋功歸清廟前（兩一作北　秉一作執）

同前　虞世南

馳馬渡河干流深馬渡難前逢錦車使都護在樓蘭輕騎猶銜勒疑兵尚解鞍溫池下絕澗棧道接危巒拓地動未賞亾城律詎寬有月關猶暗經春隴尚寒雲昏無復影冰合不聞湍懷君不可遇聊持報一飡

同前　袁朗

朔風動秋草清蹕長安道長城連不窮所以隔華戎規模唯聖作荷負曉成功烏庭已向内龍荒更鑿空玉關塵卷靜金微路已通湯征隨北怨舜詠起南風晝野功初立綏邊事云集朝服踐狼居凱歌旋馬邑山響傳鳳吹霜華藻瓊鈒屬國擁節歸單于款關入日落寒雲起驚河被原隰零落葉已寒河流清且急四時徭後盡千載干戈戢太平今若斯汗馬竟無施唯當事筆硯歸去草封禪

青青河畔草

蕭詮阿那當軒織出此然彼但詠織婦耳

晉陸機

靡靡江蘺草，熠熠生河側。皎皎彼姝女，阿那當軒織。粲粲妖容姿，灼灼美顏色。良人遊不歸，偏棲獨隻翼。空房來悲風，中夜起歎息。熠熠一作熠燿

同前　劉氏譜曰：鑠善樂府，有緜麗之稱。青青河畔草一篇，爲時傳誦。

宋南平王鑠

淒淒含露臺，肅肅迎風館。思女御櫺軒，哀心徹雲漢。端撫悲絃泣，獨對明燈歎。良人久遥役，耿介終昏旦。楚楚秋水歌，依依採菱彈。

同前

荀昶

熒熒山上火，苕苕隔隴左。隴左不可至，精爽通寤寐。寤

寐衾幬同忽覺在他邦他邦各異邑相逐不相及迷墟在望煙木落知氷堅升朝各自進誰肯相攀牽客從北方來遺我端弋綈命僕開弋綈中有隱起珪長跪讀隱珪辭苦聲亦悽上言各努力下言長相懷

同前　　鮑令暉

裊裊臨牕竹藹藹垂門桐灼灼青軒女泠泠高堂中明志逸秋霜玉顔掩春紅人生誰不別恨君早從戎鳴絃慙夜月紺黛羞春風堂一作臺

同前　　齊王融

容容寒煙起翹翹望行子行子殊未歸寤寐若容輝夜

中心愛促覺後阻河曲河曲萬里餘情交襟袖踈珠露春華返瘠霜秋照晩入室怨蛾肩情歸爲誰婉若一作君照一作桂

同前　梁武帝

幕幕繡戶絲悠悠懷昔期昔期久不歸鄉國曠音徽音徽空結遲半寢覺如至既寤了無形與君隔平生月以雲掩光葉以霜摧老當途競自容莫肯爲妾道爲一作與

同前　沈約

漠漠牀上塵心中憶故人故人不可憶中夜長歎息歎息想容儀不言長別離別離稍已久空牀寄杯酒

同前集題云擬青青河畔草轉韻體爲人作其人識節工歌今從郭本收入　何遜

春蘭已應好折花望遠道秋夜苦復長抱枕向空牀吹臺下促節不言於此別歌筵掩團扇何時一相見絃斷猶依軫葉落裁下枝即此雖久別方我未成離春蘭一作春園

客從遠方來一云擬古　宋鮑照

客從遠方來贈我鵠文綾貯以相思篋緘以同心繩裁爲親身服著以俱寢興別來經年歲歡心不可凌瀉酒置井中誰能辨斗升合如杯中水誰能判淄澠

同前此與上首疑是擬客從遠方來遺我一端綺者　鮑令暉

客從遠方來贈我漆鳴琴木有相思文絃有別離音終身執此調歲寒不改心願作長春曲宮商長相尋

汎舟横大江　梁簡文帝

滄波白日暉遊子出王畿旁望重山轉前觀遠帆稀廣水浮雲吹江風引夜衣旅鴈同洲宿寒鳧夾浦飛行客誰多病當念早旋歸病一作與

同前　陳張正見

大江脩且濶揚舲度回磯波中畫鷁涌帆上錦花飛舟移歷浦月櫂舉濕春衣王孫客若遠詎待送將歸客一作定

婀娜當軒織　陳蕭詮

東南初日照秦樓西北織婦正嬌羞綺窗猶垂翡翠幌珠簾半上珊瑚鈎新粧入機映春牖弄杼鳴梭挑纖手何曾織素讓新人不掩流蘇推中婦三日五匹未言遲衫長腕弱繞輕絲綾中轉躡成離鵠錦上廻文作別詩不惜繞素同霜雪更傷秋扇篋中辭

上留田行

古今樂錄曰王僧虔技錄有上留田行今不歌崔豹古今注曰上留田地名也人有父母死不字其孤弟者隣人爲其弟作悲歌以風其兄樂府廣題曰蓋漢世人

古辭

里中有啼兒似類親父子回車問啼兒慷慨不可止

同前 魏文帝

居世一何不同上留田富人食稻與粱上留田貧子食糟與糠上留田貧賤亦何傷上留田祿命懸在蒼天上留田今爾歎息將欲誰怨上留田

同前　　晉陸機

嗟行人之藹藹駿馬陟原風馳輕舟汎川雷邁寒來暑往相尋零雪霏霏集宇悲風徘徊入襟歲華冉冉方除我思纏綿未紓感時悼逝悽如

同前（疑本一首五解）　　宋謝靈運

薄遊出彼東道上留田薄遊出彼東道上留田循聽一何矗矗上留田澄川一何皎皎上留田悠哉遏矣征夫

上畱田悠哉邊矣征夫上畱田兩服上阪電遊上畱田
舫舟下遊飈驅上留田此別既久無適上畱田此別既
久無適上畱田寸心繫在萬里上畱田尺素遵此千夕
上畱田秋冬迭相去就上畱田秋冬迭相去就上畱田
素雪紛紛鶴委上畱田清風飈飈入袖上畱田歲云暮
矣增憂上畱田歲云暮矣增憂上畱田誠知運來詎抑
上畱田孰視年往莫畱上畱田電遊一作雷逝疑電逝是

同前　梁簡文帝

正月土膏初欲發天馬照耀動農祥田家斗酒羣相勞
爲歌長安金鳳皇

新成安樂宮 古今樂錄曰王僧虔技錄有新城安樂宮行今不歌樂府解題曰新城安樂宮行備言雕飾刻鏤之美也

梁簡文帝

遥看雲霧中刻桷映丹紅珠簾通晚日金華拂夜風欲知歌管處來過安樂宮

同前 歷代吟譜云鏗賦新成安樂宮援筆便就

陳陰鏗

新宮實壯哉雲裏望樓臺迢遞翔鶤仰聯翩賀燕來重檻寒霧宿迴景夏蓮開砌石披新錦梁花畫早梅欲知安樂盛歌管雜塵埃 夏一作夜

同前

隋陳子良

春色照蘭宮秦女旦牕中柳葉來眉上桃花落臉紅拂

麈開扇匣卷帳却薰籠衫薄偏憎日裙輕更畏風（日一作且）

婦病行　古辭

婦病連年累歲傳呼丈人前一言當言未及得言不知淚下一何翩翩屬累君兩三孤子莫我兒飢且寒有過愼莫笪笞行當折搖思復念之亂曰抱時無衣襦復無裏閉門塞牖舍孤兒到市道逢親交泣坐不能起從乞求與孤買餌對交啼泣淚不可止我欲不傷悲不能已探懷中錢持授交入門見孤兒啼索其母抱徘徊空舍中行復爾耳弃置勿復道

同前　陳江摠

窈窕懷貞室風流挾琴婦唯將角枕臥自影啼妝久羞開翡翠帷嬾對蒲萄酒深悲在縑素託意忘箕箒夫壻府中趨誰能大垂手

孤子生行一曰孤兒行古辭言孤兒爲兄嫂所苦難與久居也歌錄亦曰放歌行

古辭

孤兒生孤子遇生命獨當苦父母在時乘堅車駕駟馬父母已去兄嫂令我行賈南到九江東到齊與魯臘月來歸不敢自言苦頭多蟣虱面目多塵大兄言辦飯大嫂言視馬上高堂行取殿下堂孤兒淚下如雨使我朝行汲暮得水來歸手爲錯足下無菲愴愴履霜中多蒺

藜拔斷蒺藜腸月中愴欲悲淚下渫渫清涕纍纍冬無複襦夏無單衣居生不樂不如早去下從地下黃泉春氣動草萌芽三月蠶桑六月收瓜將是瓜車來到還家瓜車反覆助我者少啗瓜者多願還我蔕兄與嫂嚴獨且急歸當興校計亂曰里中一何譊譊願欲寄尺書將與地下父母兄嫂難與久居

放歌行　　晉傅玄

靈龜有枯甲神龍有腐鱗人無千歲壽存質空相因朝露尚移景促哉水上塵丘冢如履綦不識故與新高樹來悲風松柏垂威神曠野何蕭條顧望無生人但見狐

狸迹虎豹自成羣孤雛攀樹鳴離鳥何繽紛愁子多哀心塞耳不忍聞長嘯淚雨下太息氣成雲

同前　宋鮑照

蓼蟲避葵堇習苦不言非小人自齷齪安知曠士懷雞鳴洛城裏禁門平旦開冠蓋縱橫至車騎四方來素帶曳長飈華纓結遠埃日中安能止鐘鳴猶未歸夷世不可逢賢君信愛才明慮自天斷不受外嫌猜一言分珪爵片善辭草萊豈伊白璧賜將起黃金臺今君有何疾臨路獨遲迴

大牆上蒿行　古今樂錄曰王僧虔技錄有大牆上蒿行今不歌

魏文帝

陽春無不長成草木羣類隨大風起零落若何翩翩中心獨立一何煢四時舍我驅馳今我隱約欲何爲人生居天壤閒忽如飛鳥棲枯枝我今隱約欲何爲適君身體所服何不恣君口腹所嘗冬被貂鼲溫暖夏當服綺羅輕涼行力自苦我將欲何爲不及君少壯之時乘堅車策肥馬良上有倉浪之天今我難得久來視下有蠕蠕之地今我難得久來履何不恣意遨遊從君所喜帶我寶劍今爾何爲自低卬悲麗平壯觀白如積雪利若秋霜駮犀標首玉琢中央帝王所服辟除凶殃御左右

奈何致福祥吳之辟閭越之步光楚之龍泉韓有墨陽苗山之鋋羊頭之鋼知名前代咸自謂麗且美曾不知君劒良綺難忘冠青雲之崔嵬纖羅爲纓飾以翠翰既美且輕表容儀俯仰垂光榮宋之章甫齊之高冠亦自謂美蓋何足觀排金鋪坐玉堂風塵不起天氣清涼奏栢瑟舞趙倡女娥長歌聲協宮商感心動耳蕩氣回腸酌桂酒鱠鯉魴與佳人期爲樂康前奉玉巵爲我行觴今日樂不可忘樂未央爲樂常苦遲歲月逝忽若飛何爲自苦使我心悲

野田黄雀行 四解 古今樂錄曰王僧虔技錄有野田黄雀行今不歌樂府解題

曰晉樂奏東阿王置酒高殿上一篇然箜篌引亦用此曲本集題云箜篌引郭從宋書作野田黃雀行今按東阿王野田黃雀行自有此曲則彼篇似爲箜篌引明矣其辭意言重友義而救其急難以雀見鷂投羅爲喻若蕭慤止詠雀而已漢鐃歌曲亦有黃雀行不知與此同否談藝錄曰氣本尚壯亦忌銳逸魏祖云老驥伏櫪志在千里烈士暮年壯心不已猶然曖曖也陳王野田黃雀行譬如錐出囊中大索露矣

魏陳思王植

高樹多悲風海水揚其波利劒不在掌結友何須多不見籬間雀見鷂自投羅羅家得雀喜少年見雀悲拔劒捎羅網黃雀得飛飛飛飛摩蒼天來下謝少年

同前　北齊蕭慤

弱軀媿彩飾輕毛非錦文不知鴻鵠志非是鳳皇羣作風隨濁雨入曲應玄雲空城舊侶絶滄海故交分寧死明珠彈且避鷹將軍媿一作慙

鴈門太守行八解

古今樂錄曰王僧虔技錄鴈門太守行歌古洛陽令一篇後漢書王渙字稚子廣漢郪人也父順安定太守渙少好俠尚氣力晚改節敦儒學習書讀律畧通大義後舉茂才除溫令討擊姦猾境內清夷商人露宿於道其有放牛者輒云以屬稚子終無陵犯在位三年遷兗州刺史繩正風部聲威大行後坐考妖言不實論歲餘徵拜侍御史永元十五年還爲洛陽令政平訟理發擿姦伏京師稱以爲神元興元年病卒百姓咨嗟男女老壯相與莫醊以千數及喪西歸經弘農皆設槃按於路吏問其故咸言平常持米到洛爲卒司所抄恒亡其半自王君在事不見侵枉故來報恩民思其德立

祠安陽亭西每食輙弦歌而薦之延熹中桓帝事黄老道悉毀諸旁祀唯存卓茂與渙祠焉樂府解題曰按古歌詞歷述渙本末與傳合而曰雁門太守行未詳今按宋書雁門太守行題上復有云洛陽行

古辭

孝和帝在時洛陽令王君本自益州廣漢蜀民少行宦學通五經論（解一）明知法令歷世衣冠從溫補洛陽令治行致賢擁護百姓子養萬民（解二）外行猛政內懷慈仁文武備具料民富貧移惡子姓篇著里端（解三）傷殺人比伍同皋對門禁錮矛八尺捕輕薄少年加笞決皋詣馬市論（解四）無妄發賦念在理寃敕吏正獄不得苛煩財用錢三十買繩理竿（解五）賢哉賢哉我縣王君臣吏衣冠奉事

皇帝功曹主簿皆得其人六解臨部居職不敢行恩淸身苦體夙夜勞勤治有能名遠近所聞七解天年不遂早就奄昏爲君作祠安陽亭西欲令後世莫不稱傳八解右一曲

晉樂所奏鐲一作鍪蜀民宋書無蜀字子姓下宋書有名五二字

同前二首　梁簡文帝

輕霜中夜下黃葉遠辭枝寒苦春難覺邊城秋易知風急旍旗斷塗長鎧馬疲少解孫吳法家本幽并兒非關買鳫肉徒勞皇甫規

隴暮風恒急關寒霜自濃櫪馬夜方思邊衣秋未重潛師夜接戰畧地曉摧鋒悲笳動胡塞高旗出漢墉勤勞

謝公業清白報迎逢非須主人賞寧期定遠封單于如
未擊終夜慕前蹤

同前　　褚翔

三月楊花合四月麥秋初幽州寒食罷鄭國採桑踈便
聞鳫門戍結束事戎車去歲無霜雪今年有閏餘月如
弦上弩星類水中魚戎車攻日逐燕騎蕩康居大宛歸
善馬小月送降書寄語閨中妾勿怨寒牀虛

古樂苑卷第二十終

古樂苑卷第二十一

西吳　梅鼎祚　補正
東越　呂胤昌　校閱

相和歌辭 瑟調曲

瑟調曲 三

豔歌何嘗行 四解一曰飛鵠行別有一篇語小異鵠一作鶴鵠鶴古通用飛來雙白鶴本此古今樂錄曰王僧虔技錄云豔歌何嘗行歌文帝何嘗雙白鵠二篇又古辭云何嘗快獨無憂不復爲後人所擬

古辭

飛來雙白鵠乃從西北來十十五五羅列成行一解妻卒被病行不能相隨五里一反顧六里一徘徊二解吾欲銜

汝去口噤不能開吾欲負汝去毛羽何摧頹解三樂哉新相知憂來生別離躇躊顧羣侶淚下不自知解四念與君離別氣結不能言各各重自愛遠道歸還難妾當守空房閉門下重關若生當相見亾者會黃泉今日樂相樂萬歲期延年一作延年萬歲期念與下爲趨　右一曲晉樂所奏

飛鵠行　廣文選所載

飛來雙白鵠乃從西北來十十將五五羅列行不齊
忽然卒疲病不能飛相隨五里一返顧六里一徘徊
吾欲銜汝去口噤不能開吾欲負汝去羽毛日摧頹
樂哉新相知憂來生別離踟躊顧羣侶
淚落縱橫垂今日樂相樂延年萬歲期

同前五解按宋書作古辭　魏文帝

何嘗快獨無憂但當飲醇酒炙肥牛解一長兄爲二千石

中兄被貂裘解二小弟雖無官爵鞍馬馺馺往來王侯長者遊解三但當在王侯殿上快獨摴蒱六博對坐彈棊解四男兒居世各當努力蹙迫日暮殊不久留解五少小相觸抵寒苦常相隨忿恚安足諍吾中道與卿共別離約身奉事君禮節不可虧上慙倉浪之天下顧黃口小兒奈何復老心皇皇獨悲誰能知少小下爲趨曲前爲豔右一曲晉樂所奏

飛來雙白鵠　宋吳邁遠

可憐雙白鵠雙雙絕塵氛連翩弄光景交頸遊青雲逢羅復逢繳雌雄一旦分哀聲流海曲孤叫出江濆豈不慕前侶爲爾不及羣步步一零淚千里猶待君樂哉新

相知悲來生別離持此百年命共逐寸陰移譬如空山草零落心自知出一作絶又作去來一作矣

飛來雙白鶴　梁元帝

紫蓋學仙成能令吳市傾逐舞隨䟦節聞琴應别聲集田遥赴影隔霧近相鳴時從洛浦渡飛向遼東城

同前　陳後主

朔吹已蕭瑟愁雲屢合開玄冬辛苦地白鶴從風催音響已清切毛羽復殘摧飛來進[redacted]但爲失雙回儻逢[redacted]噲德當共銜珠來

同前　隋虞世南

飛來雙白鶴奮翼遠淩煙雙棲集紫蓋一舉背青田颺影過伊洛流聲入管絃鳴羣倒景外刷羽閬風前映海疑浮雪拂澗瀉飛泉燕雀寧知去蜉蝣不識還何言别儔侶從此間山川顧步已相失徘徊各自憐危心猶警露哀響詎聞天無因振六翮輕舉復隨仙

今日樂相樂　陳江摠

綺殿文雅遒珧筵歡趣密鄭態逶迤舞齊弦窈窕瑟金罍送縹觴玉井沈朱實願此北堂宴長奉南山日

豔歌行　古今樂錄曰豔歌行非一有直云豔歌即豔歌行技錄云豔歌雙鴻行豔歌福鍾行荀錄所載不傳豔歌羅敷行相和中歌之今不歌　古辭

翩翩堂前燕，冬藏夏來見。兄弟兩三人，流宕在他縣。故衣誰當補，新衣誰當綻。賴得賢主人，覽取爲吾組。夫婿從門來，斜柯西北眄。語卿且勿眄，水清石自見。石見何纍纍，遠行不如歸。（誰當一作誰爲）

同前　古辭

南山石嵬嵬，松柏何離離。上枝拂青雲，中心十數圍。洛陽發中梁，松柏竊自悲。斧鋸截是松，松樹東西摧。持作四輪車，載至洛陽宮。觀者莫不歎，問是何山材。誰能刻鏤此，公輸與魯班。被之用丹漆，薰用蘇合香。本自南山松，今爲宮殿梁。

同前　宋江夏王義恭

江南遊湘妃窈窕漢濱女淑問流古今蘭音媚鄭楚瑤顏映長川善服照通滸求思望襄滋歎息對衡渚中情未相感搔首增企予悲鴻失良匹俯仰戀儔侶徘徊忘寢食羽翼不能舉傾首佇春燕爲我津辭語

同前二首前首玉臺作有女篇後首集云豔歌曲　梁簡文帝

凌晨光景麗倡女鳳樓中前瞻削成小傍望卷旋空分粧開淺靨繞臉傳斜紅張琴未調軫飲吹不全終自知心所愛出入仕秦宮誰言連尹屈更是莫敖通輕軺綴皂蓋飛轡轢雲驄金鞍隨繫尾衘璅映纏騣戈鏤荊山

玉劒飾丹陽銅左把蘇合彈傍持大屈弓控弦因鵲血
挽彊用牛螉弋獵多登隴酣歌每入豐暉暉隱落日冉
冉還房櫳燈生陽燧火塵散鯉魚風流蘇時下帳象簟
復韜筒霧暗牕前柳寒踈井上桐女蘿託松際甘瓜蔓
井東拳拳侍君寵歲暮望無窮
雲楣桂成戶飛棟杏爲梁斜牕通蕊氣細隟引塵光裁
衣魏后尺汲水淮南牀青驪暮當返預使羅裙香

同前　二首　　陳顧野王

夕臺行雨度朝梁照日輝東城採桑返南市數錢歸長
歌挑碧玉羅塵笑洛妃欲知歡未盡栖烏已夜飛

齊倡趙女盡妖妍珠簾玉砌併神仙莫咲人來最落後能使君恩得度前豈知洛渚羅塵步詎滅天河秋夕渡妖姿巧咲能傾城那思他人不憎妬蓮花藻井推芰荷採菱妙曲勝陽阿

燕姬妍趙女麗出入王宮公主第倚鳴瑟歌未央調弦八九弄度曲兩三章唯欣春日永詎愁秋夜長歌未央倚鳴瑟輕風飄落蕊乳燕巢蘭室結羅帷翫朝日牕開翠幔卷粧罷金星出爭攀四照花競戲三條術

豔歌行有女篇　晉傅玄

有女懷芬芳媞媞步東廂蛾眉分翠羽明眸發清揚丹

脣髮皓齒秀色若珪璋巧笑露權靨眾媚不可詳令儀希世出無乃古毛嬙頭安金步搖耳繫明月璫珠環約素腕翠羽垂鮮光文袍綴藻黼玉體映羅裳容華既已豔志節擬秋霜徽音冠青雲聲響流四方妙哉英媛德宜配侯與王靈應萬世合日月時相望媒氏陳束帛羔鴈鳴前堂百兩盈中路起若鸞鳳翔凡夫徒踴躍望絕殊參商頭安金步搖一作首戴金步搖徽一作徽

煌煌京洛行五解　古今樂錄曰王僧虔技錄云煌煌京洛行歌文帝園桃一篇

樂府解題曰晉樂奏文帝夭夭園桃　魏文帝

夭夭園桃無子空長虛美難假偏輪不行一解淮陰五刑

鳥得弓藏保身全名獨有子房大憤不收褒衣無帶多言寡誠秖令事敗解二蘇秦之説六國以亡傾側賣主車裂固當賢矣陳軫忠而有謀楚懷不從禍卒不救解三禍夫吳起智小謀大西河何健伏尸何劣解四嗟彼郭生古之雅人智矣燕昭可謂得臣峨峨仲連齊之高士北辭千金東蹈滄海五解　右一曲晉樂所奏

同前　二首集云代陳思王京洛行後首一作梁簡文　宋鮑照

鳳樓十二重四戶八綺牕繡桷金蓮花桂柱玉盤龍珠簾無隔路羅幌不勝風寶帳三千所爲爾一朝容揚芬紫烟上垂絲綠雲中春吹回白日霜歌落塞鴻但懼秋

塵起盛愛逐哀蓬坐視青苔滿臥對錦筵空琴瑟縱橫散舞衣不復縫古來共歇薄君意豈獨濃唯見雙黃鵠千里一相從

南遊偃師縣斜上霸陵東迴瞻龍首堞遥望德陽宮重門遠照耀天閣復穹隆城旁疑複道樹裏識松風黃河入洛水丹泉繞射熊夜輪懸素魄朝光蕩碧空秋霜曉驅鴈春雨暮成虹曲陽造甲第高安還禁中劉蒼歸作相竇憲出臨戎此時車馬合茲晨冠蓋通誰知兩京盛歡宴遂無窮河一作沙光一作天誤暮一作晴

同前　　梁戴暠

欲知佳麗地爲君陳帝京由來稱俠窟爭利復爭名鑄銅門外馬刻石水中鯨黑龍過飲渭丹鳳俯臨城羣公邀郭解天子問黃瓊詔幸平陽地騎指伏波營五侯同拜爵七貴各垂纓衣風飄飄起車塵暗浪生舞見淮南法歌聞齊后聲揮金留客坐饌玉待鐘鳴獨有文園客偏嗟武騎輕

同前　陳張正見

千門儼西漢萬戶擅東京凌雲霞上起鳷鵲月中生風塵暮不息簫管夜恒鳴唯當賣藥處不入長安城

同前集云京洛篇　隋李巨仁

京洛類神仙藹藹却雲煙漸臺臨太液玉樹並甘泉車喧平樂外騎擁濯龍前競結蕭朱綬爭攀李郭船獨悲韓長孺死灰猶未然

帝王所居篇 郭本置襍曲歌辭今移補　陳張正見

崤函惟帝宅宛雒壯皇居紫微臨複道丹水亘通渠沇沇飛雨殿藹藹承明廬兩宮分槩日雙闕並凌虛休氣充青瑣榮光入綺疏霞明仁壽鏡日照陵雲書鳴鑾背鳷鵲詔蹕幸儲胥長楊飛玉輦御宿徙金輿柳葉飄緹騎槐花影屬車薄暮歸平樂歌鐘滿玉除

門有車馬客行 古今樂錄曰王僧虔技錄云門有車馬客行歌東阿王置酒一

篇樂府解題曰曹植等門有車馬客行皆言問訊其客或得故舊鄉里或駕自京師備叙市朝遷謝親友彫喪之意又門有萬里客亦與此同　晉陸機

門有車馬客駕言發故鄉念君久不歸濡跡涉江湘投袂赴門塗攬衣不及裳拊膺攜客泣掩淚叙溫涼借問邦族間惻愴論存亡親友多零落舊齒皆凋喪市朝互遷易城闕或丘荒墳壟日月多松柏鬱芒芒天道信崇替人生安得長慷慨惟平生俛仰獨悲傷

同前一作鮑照然此格調多是華作華詩別載小略　張華

門有車馬客問君何鄉士捷步往相迅果得舊鄰里悽悽聲中情慊慊增下俚語昔有故悲論今無新喜清晨

相訪慰日暮不能已歡戚競尋緒談調何終止辭端竟未究忽唱分塗始前悲尚未弭後戚方復起嘶聲盈我口談言在我耳手跡可傳心願爾篤行李得一作遇後戚一作感

同前　陳張正見

飛觀霞光啓重門平旦開北闕高箱過東方連騎來紅塵揚翠轂赭汗染龍媒桃花夾逕聚流水傍池回投鞭聊接電捐軫暫停雷非關萬里客自有六奇才琴和朝雉操酒汎夜光杯舞袖飄金谷歌聲遶鳳臺良時不可再騶馭轡相催安知太行道失路車輪摧投一作揮接一作靜

同前英華作何遜　隋何妥

門前車馬客言是故鄉來故鄉有書信縱橫印檢開開
書看未極行客屢相識借問故鄉人潺湲淚不息上言
離別久下道望應歸寸心將夜鵲相逐向南飛道一作言

同前　　　　　　　虞世南

財雄重交結戚里擅豪華曲臺臨上路高門抵狹斜赭
汗千金馬繡轂五香車白鶴隨飛蓋朱鷺入鳴笳夏蓮
開劒水春桃發露花輕裙染回雪浮蟻泛流霞高談辯
飛兎擒藻握靈蛇逢恩借羽翼失路委泥沙曖曖風煙
晩路長歸騎遠日衰青瑣第塵飛金谷苑危弦促柱奏
巴渝遺簪墮珥解羅襦如何守直道翻使谷名愚

門有萬里客　　魏陳思王植

門有萬里客問君何鄉人褰裳起從之果得心所親挽裳對我泣太息前自陳本自朔方士今爲吳越民行行將復行去去適西秦

牆上難爲趨古今樂錄曰王僧虔技錄云牆上難爲趨行荀錄所載牆上一篇今不傳　　晉傅玄

門有車馬客騄服若騰飛華組結玉佩繁藻紛葳蕤馮軾垂長纓顧眄有餘輝貧士屣弊履整比藍縷衣客曰嘉病乎正色意無疑吐言若覆水搖舌不可追渭濱漁釣翁乃爲周所諮顏回處陋巷大聖稱庶幾苟富不知

慶千駟賤采薇季孫由儉顯管仲病三歸夫差耽淫侈終爲越所圍遺身外榮利然後享巍巍迷者一何衆孔難知德希甚美致憔悴不如豚豕肥楊朱泣路岐失道令人悲子貢欲自矜原憲知其非屈伸各異勢窮達不同資夫唯體中庸先天天不違

同前　　周王褒

昔稱梁孟子兼聞魯孔丘訪政聊爲述問陳豈相訓末代多僥倖卿相自經由臺郎百金價台司千萬求當朝少直筆趨代皆曲鈎廷尉十年不得調將軍百戰未封侯夜伏擁門作常伯自有蒲萄得涼州白璧求善價明

珠難暗投高牆不可踐井水自難浮風胡有年歲銛利比吳鈎

日重光行 古今樂錄曰王僧虔技錄有日重光行今不傳崔豹古今注曰日重光月重輪羣臣爲漢明帝作也明帝爲太子樂人作歌詩四章以贊太子之德一曰日重光二曰月重輪三曰星重輝四曰海重潤漢末喪亂後二章亾舊說云天子之德光明如日規輪如月衆輝如星霑潤如海太子比德故云重也

晉陸機

日重光奈何天回薄日重光冉冉其遊如飛征日重光今我日華華之盛日重光倏忽過亦安停日重光盛往衰亦必來日重光譬如四時固恒相催日重光惟命有分可營日重光但惆悵才志日重光身沒之後無遺名

但一作常

月重輪行　　魏文帝

三辰垂光照臨四海煥哉何煌煌悠悠與天地久長愚見目前聖覩萬年明闇相絕何可勝言

同前　　魏明帝

天地無窮人命有終立功揚名行之在躬聖賢度量得爲道中

同前　　晉陸機

人生一時月重輪盛年焉可持月重輪吉凶倚伏百年莫我與期臨川曷悲悼茲去不從肩月重輪功名不勗

之善哉古人揚聲歎聞九服身名流何穆既自才難既嘉運亦易愆俛仰行老存沒將何所觀志士慷慨獨長歎獨長歎持一作恃一無所字

同前初學記作戴嵩　梁戴暠

皇基屬明兩副德表重輪重輪非是暈桂滿自恒春海珠含更滅階蓂翳且新婕妤比團扇曹王譬洛神浮川疑滾璧入戶類燒銀從來看顧兎不曾聞鬬麟北堂豈盈手西園偏照人滾一作讓

蜀道難二首古今樂錄曰王僧虔技錄有蜀道難行今不歌樂府解題曰蜀道難備言銅梁玉壘之阻與蜀國絃頗同　梁簡文帝

建平督郵道魚復永安宮若奏巴渝曲時當君思中
巫山七百里巴水三回曲笛聲下復高猿啼斷還續

同前一首文苑英華辨證曰此篇文苑類聚同唯郭氏樂府分前五言後七言各爲一首中闕六句今從文苑爲一首　劉孝威

玉壘高無極銅梁不可攀雙流逆巘道九坂澀陽關鄧
侯束馬去王生斂轡還斂轡懼身尤叱馭奉王猷若恡
千金重誰爲萬里侯獻馬呑珠界揚舲濯錦流沉犀厭
恠水握鏡表靈丘禹山金碧有光輝遷停車馬正輕肥
彌思王襃擁節反復憶相如乘傳歸君平子雲寂不嗣
江漢英靈已信稀巘一作巇停一作亭正一作尚復一作更寂一作闃已信稀一作信已衰

同前　　陳陰鏗

王尊奉漢朝靈關不憚遥高岷長有雪陰棧屢經燒輪摧九折路騎阻七星橋蜀道難如此功名詎可要

櫂歌行 五解 古今樂錄曰王僧虔技錄云櫂歌行歌明帝王者布大化一篇或云左延年作今不歌梁簡文帝在東宮更製歌少異此也樂府解題曰晉樂奏魏明帝辭云王者布大化備言平吳之勳　魏明帝

王者布大化配乾稽后祇陽育則陰殺晷景應度移 一解

文德以時振武功伐不隨重華舞干戚有苗服從嬀 二解

蠢爾吳蜀虜憑江棲山阻哀哀王士民瞻仰靡依怙 三解

皇上悼愍斯宿昔奮天怒發我許昌宮列舟于長浦 四解

翌日乘波揚棹歌悲且涼大常拂白日旗幟紛設張
將抗旄與鉞耀威於彼方伐皋以弔民清我東南疆
五解將抗
下爲趨　右一曲晉樂所奏　吳蜀一作吳中

同前　　晉陸機

遲遲暮春日天氣柔且嘉元吉隆初巳濯穢遊黃河龍
舟浮鷁首羽旗垂藻葩乘風宣飛景逍遙戲中波名謳
激清唱榜人從櫂歌投綸沉洪川飛繳入紫霞從一作縱

同前　　宋孔甯子

君子樂和節品物待陽時上位降繁祉元巳命水嬉倉
武戒橋梁旄人樹羽旗高檣抗飛帆羽蓋翳華枝佽飛

激逸響娟娥吐清辭泝洄緬無分欣流愴有思仰瞻翳雲繳俯引沇泉絲委羽漫通渚鮮滌中塡坻鵠鳥感江使揚波駭馮夷夕影離巳西[illegible]終無期

同前　　鮑照

羇客離嬰時飄颻無定所昔秋寓江介茲春客河滸往戢于役身願令永懷楚泠泠儵疏瀰邑邑雁循渚飂唳長風振遥曳高帆舉驚波無留連舟人不躊竚茲一作今遥曳一作飄遥

同前　　吳邁遠

十三爲漢使孤劒出臯蘭西南窮天險東北畢地關岷

山高以峻燕水清且寒一去千里孤邊馬何時還遙望煙嶂外障氣鬱雲端始知身死處平生從此殘

同前　梁簡文帝

妾家住湘川菱歌本自便風生解刺浪水深能捉船葉亂由牽荇行絲飄爲折蓮濺粧疑薄汗霑衣似故湔浣沙流暫濁汰錦色還鮮參同趙飛燕借問李延年從來入絃管誰在櫂歌前（誰一作詎）

同前　劉孝綽

日暮楚江上江深風復生所思竟何在相望徒盈盈舟子行催棹無所唱流聲

同前　阮研

芙蓉始出水綠荇葉初鮮且停白雪和共奏激楚絃平生此遭遇一日當千年

同前　王籍

揚舲横大江乘流任蕩蕩輕橈莫不息復逐夜潮上時見湘水仙恒聞解佩響

同前　蕭岑

桂酒既潺湲輕舟亦乘駕鼓枻何吟吟我皇唐化容與滄浪中淹留明月夜

同前　北齊魏收

雪溜添春浦花水足新流桃發武陵岸柳拂武昌樓

同前　隋盧思道

秋江見底清越女復傾城方舟共採摘最得可憐名落花流寶珥微吹動香纓帶垂連理濕櫂舉木蘭輕順風傳細語因波寄遠情誰能結錦纜薄暮隱長汀順風一作避人

蒲坂行古今樂錄曰王僧虔技錄有蒲坂行今不歌通典曰河東唐虞所都蒲坂也漢爲蒲坂縣春秋時秦晉戰於河曲即其地　齊陸厥

江南風已春河間柳已把鴈返無南書寸心何由寫流泊祁連山飄颻高闕下

同前　梁劉遵

漢使出蒲坂去去徃交河間諜敢虧對驂馬朊鳴珂乍

作渡瀘怨何辭上隴歌

白楊行　古今樂錄曰王僧虔技錄有白楊行今不歌

晉傅玄

青雲固非青當雲奈白雲驥從西北馳來吾何憶驥來對我悲鳴舉頭氣凌青雲當奈此驥正龍形踠足蹉跎長坡下蹇驢慷慨敢與我爭馳躑躅鹽車之中流汗兩耳盡下垂雖懷千里之逸志當時一得施白雲彯彯舍我高翔青雲徘徊戢我愁啼上眄增崖下臨清池日欲西移旣來歸君君不一顧仰天太息當用生爲青雲乎

飛時悲當奈何耶青雲飛乎

胡無人行 古今樂録曰王僧虔技録有胡無人行今不歌楊愼云太白胡無人行效其語喋胡血履胡腸胡無人漢道昌

古辭

望胡地何嶮側斷胡頭脯胡臆 闕句載太平御覽

同前

梁徐摛

刻楹登尊殿擁絮拭胡粧猶將漢闍曲誰忍奏瓊房遥憶甘泉夜闇淚斷人腸 刻一作列

同前

吳均

劔頭利如芒恒持照眼光鐵騎追驍虜金羈討黠羌高秋八九月胡地早風霜男兒不惜死破膽與君嘗

二十一

古樂苑卷第二十二

西吳 梅鼎祚 補正
東越 呂胤昌 校閱

相和歌辭 楚調曲

楚調曲

古今樂錄曰王僧虔技錄楚調曲有白頭吟行泰山吟行梁甫吟行東武琵琶吟行怨詩行其器有笙笛弄節琴箏琵琶瑟七種張永錄云未歌之前有一部弦又在弄後又有但曲七曲廣陵散黃老彈飛引大胡笳鳴小胡笳鳴鵾雞遊弦流楚窈窕並琴箏笙筑之曲王錄所無也其廣陵散一曲今不傳

白頭吟 二首五解

古今樂錄曰王僧虔技錄云白頭吟行歌古辭如山上雪篇西京

雜記曰司馬相如將聘茂陵人女爲妾卓文君作白頭吟以自絶相如乃止樂府解題曰古辭云皚如山上雪皎若雲間月又云願得一心人白頭不相離始言良人有兩意故來與之相決絶次言别於溝水之上叙其本情終言男兒重意氣何用於錢刀若鮑照張正見虞世南皆自傷清直芬馥而遭鑠金玷玉之謗君恩以薄與古文近焉一説云白頭吟疾人相知以新間舊不能至於白首故以爲名

漢卓文君

皚如山上雪皎若雲間月聞君有兩意故來相決絶解一

平生共城中何嘗斗酒會今日斗酒會明旦溝水頭蹀躞御溝上溝水東西流解二

郭東亦有樵郭西亦有樵兩樵相推與無親爲誰驕解三

淒淒重淒淒嫁娶亦不啼願得一心人白頭不相離解四

竹竿何嫋嫋魚尾何離簁男

兒欲相知何用錢刀爲齹如馬噉萁川上高士嬉今日相對樂延年萬歲期五解右一曲晉樂所奏齹如下或有五字

皚如山上雪皎若雲間月聞君有兩意故來相決絕今日斗酒會明旦溝水頭躞蹀御溝上溝水東西流淒淒復淒淒嫁娶不須啼願得一心人白頭不相離竹竿何嫋嫋魚尾何簁簁男兒重意氣何用錢刀爲右一曲本辭

同前陳徐堪有班去趙姬升出此　宋鮑照

直如朱絲繩清如玉壺冰何慚宿昔意猜恨坐相仍人情賤恩舊世路逐衰興毫髮一爲瑕丘山不可勝食苗實碩鼠點白信蒼蠅梟鴟遠成美薪芻前見凌申黜褒

女進班去趙姬升周王日淪惑漢帝益嗟稱心賞固難恃貌恭豈易憑古來共如此非君獨撫膺

同前　陳張正見

平生懷直道桂松比貞風語默妍蚩際沈浮毀譽中讒新恩易盡情去寵難終彈珠金市側抵玉崑山東含香老顏駟執戟異楊雄惆悵崔亭伯幽憂馮敬通王嬙沒故塞班女棄深宮春苔封履跡秋葉奪粧紅顏如花落槿鬢似雪飄蓬此時積長歎傷年誰復同（崑一作春　積一作即）

班去趙姬升　陳徐堪

班姬與飛燕俱侍漢王宮不意恩情歇偏將衰草同香

飛金輦外苔上玉階中今日悲團扇非是為秋風

泰山吟 古今樂録曰王僧虔技録有泰山吟行今不歌樂府解題曰泰山吟言人死精魄歸於泰山亦薤露蒿里之類也

晉陸機

泰山一何高迢迢造天庭峻極周已遠曾雲鬱冥冥梁甫亦有館蒿里亦有亭幽塗延萬鬼神房集百靈長吟泰山側慷慨激楚聲

同前

宋謝靈運

岱宗秀維岳崔崒刺雲天岞崿既嶮巇觸石輙芊緜登封瘞崇壇降禪藏肅然石閭何晻藹明堂祕靈篇 芊緜一作千眠

梁甫吟

古今樂錄曰王僧虔技錄有梁甫吟行今不歌謝希逸琴論曰諸葛亮作梁甫吟陳武別傳曰武常騎驢牧羊諸家牧豎十數人或有知歌謠者武遂學泰山梁甫吟幽州馬客吟及行路難之屬蜀志曰諸葛亮好爲梁甫吟然則不起於亮矣李勉琴說曰梁甫吟曾子撰琴操曰曾子耕泰山之下天雨雪凍旬月不得歸思其父母作梁山歌蔡邕琴頌曰梁甫悲吟周公越裳注梁甫山名在泰山下梁甫吟葢言人死葬此山亦葬歌也又有泰山梁甫吟與此頗同按晏子曰公孫捷田開疆古冶子事景公勇而無禮晏子言於公餽之二桃曰三子計功而食桃公孫捷曰吾再拜隱虎功可以食田曰吾杖兵而御三軍者再功可以食古冶子曰君當濟河黿銜左驂冶潛行水底逆流百步從流九里得黿頭功可以食二子曰吾勇不若子功不逮子取桃不讓是貪也然而不死無勇也刎頸而死冶曰二子死之冶獨不逮又刎頸而死西溪叢語曰李善陸詩註蔡邕琴頌云梁甫

悲吟不知名曰何梁父吟何義張衡四愁詩云
欲往從之梁甫艱注云泰山東嶽也君有德
則封此山願輔佐君王致於有德而爲小人
讒邪之所阻梁父泰山下小山名諸葛亮好
爲梁父吟
恐取此意

蜀諸葛亮

步出齊城門遥望蕩陰里里中有三墳纍纍正相似問是誰家墓田疆古冶子力能排南山文能絶地紀一朝被讒言二桃殺三士誰能爲此謀國相齊晏子遥望蕩陰里解題作追望陰陽里青州有陰陽里田疆古冶子解題作田彊固野子墳一作墓子一作民紀一作理

同前

晉陸機

玉衡既已驂羲和若飛凌四運尋環轉寒暑自相承冉冉年時暮迢迢天路徵招摇東北指大火西南升悲風

無絶響玄雲互相仍豐冰憑川結零露彌天凝年命時相逝慶雲鮮克乘履信多愆期思順焉足憑慷慨臨川響非此孰爲興哀吟梁甫顛慷慨獨撫膺既一作固冰一作水零一作寒又作霜慷慨一作愾愾

同前　　梁沈約

龍駕有馳策日御不停陰星籥亟迴變氣化坐盈侵寒光稍眇眇秋塞日沈沈高牕仄餘火傾河駕騰參飈風折暮草驚籜霣層林時雲靄空遠淵水結清深奔樞豈易紐珠庭不可臨懷仁每多意履順孰能禁露清一唯促緩志且移心哀歌步梁甫歎絶有遺音塞一作色籜一作竿雲集

作雨

同前　陳陸瓊

臨淄佳麗地年少習名倡似笑脣朱動非愁眉翠揚掩抑隨竽轉和柔會瑟張輕扇屢迴指飛塵亟繞梁寄言諸葛相此曲作難忘年少一作少小

泰山梁甫行樂府解題曰曹植改泰山梁甫爲八方

魏陳思王植

八方各異氣千里殊風雨劇哉邊海民寄身於草墅妻子象禽獸行止依林阻柴門何蕭條狐兔翔我宇後闕

東武吟行古今樂錄曰王僧虔技錄有東武吟行今不歌左思齊都賦注云東武太

山皆齊之土風弦歌謳吟之曲名也通典曰漢有東武郡今高密諸城縣是也

晉陸機

投跡短世間高步長生闈濯髮冒雲冠浣身被羽衣飢從韓衆餐寒就佚女棲浣一作洗

同前　　宋鮑照

主人且勿喧賤子歌一言僕本寒鄉士出身蒙漢恩始隨張校尉召募到河源後逐李輕車追虜出塞垣密途亘萬里寧歲猶七奔肌力盡鞍甲心思歷涼溫將軍既下世部曲亦罕存時事一朝異孤績誰復論少壯辭家去窮老還入門腰鎌刈葵藿倚杖牧雞豚昔如韝上鷹

今似檻中猿徒結千載恨空負百年怨弃席思君幄疲

馬戀君軒願垂晉主惠不愧田子魂召一作占牧一作收結一作積

同前　梁沈約

天德深且曠人世賤而浮東枝栽拂景西壑已停輈逝

辭金門寵去飲玉池流霄轡一永矣俗累從此休

怨詩行　琴操卞和得玉璞以三獻楚封爲陵陽侯辭不受而作怨歌班婕妤怨詩行序漢成帝班婕妤失寵求供養太后於長信宮乃作怨詩以自傷託辭於紈扇云郭本分怨詩行怨詩怨歌行爲三類今從之怨詩行古辭言人命難常不如遊心恣欲也一曰怨詩行歌陳思而下多言弃妻怨女大畧祖班婕妤怨歌行之意惟阮瑀怨詩與此意合

古辭

天德悠且長人命一何促百年未幾時奄若風吹燭嘉賓難再遇人命不可續齊度遊四方各繫太山錄人間樂未央忽然歸東嶽當須盪中情遊心恣所欲

同前

二首七解　古今樂錄曰怨詩行歌東阿王明月照高樓一篇

魏陳思王植

明月照高樓流光正徘徊上有愁思婦悲歎有餘哀一解

借問歎者誰自云宕子妻夫行踰十載賤妾常獨棲二解

念君過於渴思君劇於飢君爲高山柏妾爲濁水泥三解

北風行蕭蕭烈烈入吾耳心中念故人淚墮不能止四解

浮沈各異路會合當何諧願作東北風吹我入君懷五解

君懷常不開賤妾當何依恩情中道絶流止任東西六解

我欲竟此曲此曲悲且長今日樂相樂别後莫相忘七解

右一曲晉樂所奏　君
爲一作君作栢一作桐

明月照高樓流光正徘徊上有愁思婦悲歎有餘哀借問歎者誰言是宕子妻君行踰十年孤妾常獨棲君若清路塵妾若濁水泥浮沈各異勢會合何時諧願爲西南風長逝入君懷君懷時不開妾心當何依右一曲本辭即七哀詩

同前　晉梅陶

庭植不材柳苑育能鳴鶴鼓枝遊畦畝栖鉤一丘壑最

恍朝敷榮夕乘南音客晝立薄遊景暮宿漢陰魄庇身蔭王猷罷蹇反幻迹

同前　宋湯惠休

明月照高樓含君千里光巷中情思滿斷絕孤妾腸悲風盪帷帳瑶翠坐自傷妾心依天末思與浮雲長嘯歌視秋草幽葉豈再揚暮蘭不待歲離華能幾芳願作張女引流悲繞君堂君堂嚴且祕絕調徒飛揚

明月照高樓　梁武帝

圓魄當虛闥清光流思延延思照孤影悽怨還自憐臺鏡早生塵匣琴又無弦悲慕屢傷節離憂亟華年君如

東扶景妾似西柳煙相去既路迴明晦亦殊懸願爲銅鐵轡以感長樂前

怨詩　魏阮瑀

民生受天命漂若河中塵雖稱百齡壽孰能應此身猶獲嬰凶禍流落恒苦辛流落一作流離闕

同前　王子年拾遺記曰石季倫有愛婢曰翔風魏末於胡中得之年十五無有比其容貌最以文辭擅愛年三十妙年者爭嫉之崇退翔風爲房老使主羣少乃懷怨而作詩

晉翔風

春華誰不美卒傷秋落時突煙還自低鄙退豈所期桂芳徒自蠹失愛在蛾眉坐見芳時歇憔悴空自嗤

同前集云怨詩楚調示龐主簿鄧治中　陶潛

天道幽且遠鬼神茫昧然結髮念善事僶俛五十年弱冠逢世阻始室喪其偏炎火屢焚如螟蜮恣中田風雨縱橫至收斂不盈廛夏日常抱飢寒夜無被眠造夕思雞鳴及晨願烏遷在已亦何怨離憂悽目前吁嗟身後名於我若浮煙慷慨激悲歌鍾期信為賢五十一作六九亦何怨一作何怨天激一作獨

同前　梁簡文帝

秋風與白團本自不相安新人及故愛意氣豈能寬黃金肘後鈴白玉案前盤誰堪空對此還成無歲寒

同前　劉孝威

退寵辭金屋見譴斥甘泉桄席秋風起房櫳明月懸燭避牕中影香廻爐上煙丹庭斜草逕素壁點苔錢歌起蒲生曲樂奏下山弦新聲昔廣宴餘杯今自傳王嬙向絶漠宗女入祁連鴈書猶未返角馬無歸年昭臺省媵御曾坂無蘘捐後薪隨復積前魚誰更憐

同前　陳張正見

新豐妖冶地遊俠競驕奢池臺間羅綺桃李雜煙霞蓋影分連騎衣香合並車豔粉驚飛蝶紅粧映落花舞衫飄冶袖歌扇掩團紗玉牀珠帳卷金縷鏡月斜還疑簫

史鳳不及季倫家

同前二首　江總

採桑歸路河流深憶昔相期柏樹林奈許新縑傷妾意無由故劒動君心

新梅嫩柳未障羞情去思移那可留團扇篋中言不分纖腰掌上詎勝愁分選詩拾遺作盡

怨歌行漢書曰孝成班倢伃初入宮爲少使蛾而大幸爲倢伃居增成舍其後趙飛燕姊弟亦從微賤興班倢伃失寵稀復進見趙氏姊弟驕妬倢伃恐久見危求供養太后長信宮帝許焉樂府解題曰倢伃怨者爲漢成帝班倢伃作也倢伃徐令彪之姑況之女美而能文初爲帝所寵愛後幸趙飛燕姊弟冠於後宮倢伃自知見薄乃退居東宮作賦及

紈扇詩以自傷悼後人傷之而爲倢伃怨也歌錄曰怨歌行古辭樂府作顏延年

漢班倢伃

新裂齊紈素鮮潔如霜雪裁爲合歡扇團團似明月出入君懷袖動搖微風發常恐秋節至涼飇奪炎熱弃捐篋笥中恩情中道絶裂一作製鮮一作皎爲一作成團團一作團圓飇一作風

同前樂錄作古辭王僧虔技錄曰荀錄所載古爲君一篇今不傳樂府解題曰古辭言周公推心輔政二叔流言致有雷雨拔木之變若梁簡文十五頗有餘自言姝豔以讒見毀與古文意同而體異傅休奕盖傷十五入君門一別終華髮不及偕老猶望死而同穴也

魏陳思王植

爲君既不易爲臣良獨難忠信事不顯乃有見疑患周

公佐成王金縢功不刋推心輔王室二叔反流言待罪居東國泣涕當留連皇靈大動變震雷風且寒拔樹偃秋稼天威不可干素服開金縢感悟求其端公旦事既顯成王乃哀歎吾欲竟此曲此曲悲且長今日樂相樂别後莫相忘右一曲晉樂所奏

同前　梁簡文帝

十五頗有餘日照杏梁初蛾眉本多嫉掩鼻特成虚持此傾城貌翻爲不肖軀秋風吹海水寒霜依玉除月光臨戶駛荷花依浪舒望簷悲雙翼窺沼泣前魚苔生履處沒草合行人踈裂紈傷不盡歸骨恨難袪早知長信

別不避後園輿前魚一作王餘魚名

同前集雜體詩云班倢伃詠扇　江淹

紈扇如圓月出自機中素畫作秦王女乘鸞向煙霧彩色世所重雖新不代故竊悲涼風至吹我玉階樹君子恩未畢零落委中路圖一作團

同前　沈約

時屯寧易犯俗險信難羣坎壈元叔賦頓挫敬通文遽淪班姬寵夙窆賈生墳短俗同如此長歎何足云

同前　周庾信

家住金陵縣前嫁得長干少年回頭望鄉淚落不知何

處天邊胡塵幾日應盡漢月何時更圓爲君能歌此曲
不覺心隨斷弦

同前　　　　隋虞世南

紫殿秋風冷彫甍白日沈裁紈悽斷曲織素別離心掖
庭羞改畫長門不惜金寵移恩稍薄情疎恨轉深香銷
翠羽帳弦斷鳳凰琴鏡前紅粉歇堦上綠苔侵誰言掩
歌扇翻作白頭吟

怨歌行朝時篇　　晉傅玄

昭昭朝時日皎皎晨明月十五入君門一別終華髮同
心忽異離曠如胡與越胡越有會時參辰遠且濶形影

雖髣髴音聲寂無達纖弦感促柱觸之哀聲發情思如循環憂來不可遏塗山有餘恨詩人詠采葛蜻蛚吟牀下回風起幽閨春榮隨路落芙蓉生木末自傷命不遇良辰永乖別已爾可奈何譬如紈素裂孤雌翔故巢星流光景絕魂神馳萬里甘心要同穴（晨一作最 如一作若）

班倢伃（一曰倢伃怨） 晉陸機

倢伃去辭寵淹留終不見寄情在玉階託意唯團扇春苔暗階除秋草蕪高殿昏黃履綦絕愁來空雨面（昏黃一作黃昏）

同前 梁元帝

婕妤初選入含媚向羅幃何言飛燕寵青苔生玉墀誰知同輦愛遂作裂紈詩以茲自傷苦終無長信悲

同前集云班倢伃怨　劉孝綽

應門寂已閉非復後庭時況在青春日萋萋綠草滋妾身似秋扇君恩絕履綦詎憶遊輕輦徒令賤妾辭徒令一作從令

同前此與下首並云奉和湘東王教　何思澄

寂寂長信晚雀聲喧洞房踟躕網高閣駁蘚被長廊虛殿簾幃靜閑堦花蘂香悠悠視日暮還復拂空牀拂一作守

同前　孔翁歸

長門與長信日暮九重空雷聲聽隱隱車響絶瓏瓏恩光隨妙舞團扇逐秋風鉛華誰不慕人意自難終

同前（郭本作王叔英妻沈氏今從玉臺藝文） 劉令嫻

日落應門閉愁思百端生況復昭陽近風傳歌吹聲寵移終不恨讒枉太無情只言爭分理非獨舞腰輕

同前 陳陰鏗

栢梁新寵盛長信昔恩傾誰謂詩書巧翻爲歌舞輕花月分窻進苔草共階生妾淚衫前滿單眠夢裏驚可惜逢秋扇何用合歡名（眠一作瞑）

同前 何楫

齊紈既逐篋趙舞即凌人屐跡隨恩故階苔逐恨新獨臥銷香炷長啼費手巾手一作錦庭草何聊賴也持秋當春

玉階怨漢書曰班倢伃爲趙飛燕譖退處東宮作賦自悼云華殿塵兮玉階苔此曲舊列長門怨後今移附班倢伃

齊謝朓

夕殿下珠簾流螢飛復息長夜縫羅衣思君此何極

同前詩品亦作謝朓

虞炎

紫藤拂花樹黃鳥度青枝思君一歎息苦淚應言垂

長門怨漢武帝故事曰武帝爲膠東王時長公主嫖有女欲與王婚景帝未許後長主還宮膠東王數歲長主抱置膝上問曰兒欲得婦否長主指左右長御百餘人皆云不用指其女問曰阿嬌好否笑對曰好若得阿嬌作婦當作金屋貯之長主乃苦要帝遂成婚

焉漢書曰孝武陳皇后長公主嫖女也擅寵驕貴十餘年而無子聞衛子夫得幸幾死者數焉元光五年廢居長門宮樂府解題曰長門怨者爲陳皇后作也后退居長門宮愁悶悲思聞司馬相如工文章奉黃金百斤令爲解愁之辭相如爲作長門賦帝見而傷之復得親幸後人因其賦而爲長門怨也

梁柳惲

玉壺夜愔愔應門重且深秋風動桂樹流月搖輕陰綺簷清露溽網戶思蟲吟歎息下蘭閣含愁奏雅琴何由鳴曉佩復得抱宵衾無復金屋念豈照長門心溽一作滴

同前　費昶

向夕千愁起自悔何嗟及愁思且歸牀羅襦方掩泣絳樹搖風軟黃鳥弄聲急金屋貯嬌時不言君不入

大曲

宋書樂志曰大曲十五曲一曰東門二曰西山三曰羅敷四曰西門五曰默默六曰園桃七曰白鵠八曰碣石九曰何嘗十曰置酒十一曰爲樂十二曰夏門十三曰王者布大化十四曰洛陽令十五曰白頭吟東門東門行羅敷豔歌羅敷行西門西門行默默折楊柳行白鵠何嘗並豔歌何嘗行爲樂滿歌行洛陽令鴈門太守行白頭吟並古辭碣石步出夏門行武帝辭西山折楊柳行園桃煌煌京洛行並文帝辭夏門步出夏門行王者布大化櫂歌行並明帝辭置酒野田黃爵行東阿王辭白頭吟與櫂歌同調其羅敷何嘗夏門三曲前有豔後有趨碣石一篇有豔白鵠爲樂王者布大化三曲有趨白頭吟一曲有亂古今樂錄曰凡諸大曲竟黃老彈獨出舞無亂按王僧虔技錄櫂歌行在瑟調白頭吟在楚調而沈約云同調未知孰是

滿歌行 三首四解

樂府解題曰古辭其始言逢此百罹零丁荼毒古人遜位躬耕遂

我所願次言窮達天命智者不憂莊周遺名名垂千載終言命如鑿石見火宜自娛以頤養保此百年也

古辭

為樂未幾時遭世險巇逢此百罹零丁荼毒愁懣難支遙望辰極天曉月移憂來塡心誰當我知解一戚戚多思慮耿耿不寧禍福無形唯念古人遜位躬耕遂我所願以茲自寧自鄙山棲守此一榮解二暮秋烈風起西蹈滄海心不能安攬衣起瞻夜北斗闌干星漢照我去去自無他奉事二親勞心可言解三窮達天所為智者不愁多為少憂安貧樂正道師彼莊周遺名者貴子熈同巇往者二賢名垂千秋解四飲酒歌舞不樂何須善哉照觀日

月日月馳驅轗軻世間何有何無貪財惜費此一何愚命如鑿石見火居世竟能幾時但當歡樂自娛盡心極所嬉怡安善養君德性百年保此期頤飲酒下爲趨右一曲晉樂所奏

爲樂未幾時遭時嶮巇逢此百罹伶丁荼毒愁苦難爲遥望極辰天曉月移憂來塡心誰當我知戚戚多思慮耿耿殊不寧禍福無形惟念古人遜位躬耕遂我所願以茲自寧自鄙棲棲守此末榮莫秋烈風昔蹈滄海心不能安攬衣瞻夜北斗闌干星漢照我去自無他奉事二親勞心可言窮達天爲智者不愁多爲少憂安貧樂道

師彼莊周遺名者貴子遐同遊往者二賢名垂千秋飲酒歌舞樂復何須照視日月日月馳驅轗軻人間何有何無貪財惜費此一何愚鑿石見火居代幾時爲當歡樂心得所喜安神養性得保遐期　右一曲本辭

古樂苑卷第二十二終

古樂苑卷第二十三

西吳　梅鼎祚　補正
東越　呂胤昌　校閱

清商曲辭

清商樂一曰清樂清樂者九代之遺聲其始即相和三調是也並漢魏已來舊曲其辭皆古調及魏三祖所作自晉朝播遷其音分散苻堅滅涼得之傳於前後二秦及宋武定關中因而入南不復存於內地自時已後南朝文物號爲最盛民謠國俗亦世有新聲故王僧虔論三調歌曰今之清商實由銅雀魏氏三祖風流可懷京洛相高江左彌重而情變聽改稍復零落十數年間亡者將半所以追餘操而長懷撫遺器而太息者矣後魏孝文討淮漢宣武定壽春收其聲伎得江左所傳中原舊曲明君聖主公莫白鳩之屬及江南吳歌荊楚西聲總謂之清商樂至於殿庭饗宴則兼奏之遺梁

陳亾亂存者蓋寡及隋平陳得之文帝善其節奏
曰此華夏正聲也乃微更損益去其哀怨考而補
之以新定律呂更造樂器因於太常置清商署以
管之謂之清樂開皇初始置七部樂清商伎其一
也大業中煬帝乃定清樂西凉等爲九部而清樂
歌曲有楊伴舞曲有明君并契樂器有鍾磬琴瑟
擊琴琵琶箜篌筑箏節鼓笙笛簫篪塤等十五種
爲一部唐又增吹葉而無塤隋室喪亂日益淪缺
唐貞觀中用十部樂清樂亦在焉至武后時猶有
六十三曲其後歌辭在者有白雪公莫巴渝明君
鳳將雛明之君鐸舞白鳩白紵子夜吳聲四時歌
前溪阿子及歡聞團扇懊憹長史變丁督護讀曲
烏夜啼石城莫愁襄陽西烏夜飛估客楊伴雅歌
驍壺常林歡三洲採桑春江花月夜玉樹後庭花
堂堂汎龍舟等三十二曲明之君雅歌各二首四
時歌四首合三十七首又七曲有聲無辭上柱鳳
雛平調清調瑟調平折命嘯通前爲四十四曲存
焉長安已後朝廷不重古曲工伎寖缺能合於管
弦者唯明君楊伴驍壺春歌秋歌白雪堂堂春江
花月夜等八曲自是樂章訛失與吳音轉遠開元

中劉貺以爲宜取吳人使之傳習以問歌工李郎子郎子北人學於江都人俞才生時聲調已失唯雅歌曲辭辭典而音雅自郎子亾去清樂之歌遂闕自周隋已來管弦雅曲將數百曲多用西涼樂鼓舞曲多用龜茲樂唯琴工猶傳楚漢舊聲及清調蔡邕五弄楚調四弄謂之九弄雅聲獨存非朝廷郊廟所用故不載樂府解題曰蔡邕云清商曲又有出郭西門陸地行車夾鍾朱堂寢奉法等五曲其詞不足采著

吳聲歌曲一

晉書樂志曰吳歌雜曲並出江南東晉已來稍有增廣其始皆徒歌既而被之管絃蓋自永嘉渡江之後下及梁陳咸都建業吳聲歌曲起於此也古今樂錄曰吳聲歌舊器有箎箜篌琵琶今有笙筝其曲有命嘯吳聲遊曲半折六變八解命嘯十解存者有烏噪林浮雲驅鴈歸湖馬讓餘皆不傳吳聲十曲一曰子夜二曰上柱三曰鳳將雛四曰上聲五曰歡聞六曰歡聞變七

曰前溪八曰阿子九曰丁督護十曰團扇郎並梁所用曲鳳將雛已上三曲古有歌自漢至梁不改今不傳上聲已下七曲內人包明月製舞前溪一曲餘並王金珠所製也遊曲六曲子夜四時歌警歌變歌並十曲中間遊曲也半折六變八解漢世已來有之八解者古彈上柱古彈鄭干新蔡大治小治當男盛當梁太清中猶有得者今不傳又有七日夜女歌長史變黃鵠碧玉桃葉長樂佳歡好懊惱讀曲亦皆吳聲歌曲也

吳歌三首　宋鮑照

夏口樊城岸曹公卻月戍但觀流水還識是儂流下

夏口樊城岸曹公卻月樓觀見流水還識是儂淚流

人言荆江狹荆江定自濶五兩了無聞風聲那得達

子夜歌四十二首

唐書樂志曰子夜歌者晉曲也晉有女子名子夜造此聲聲過哀苦

宋書樂志曰晉孝武太元中瑯琊王軻之家有鬼歌子夜殷允爲豫章豫章僑人庾僧虔家亦有鬼歌子夜殷允爲豫章亦是太元中則子夜是此時以前人也古今樂錄曰凡歌曲終皆有送聲子夜以持子送曲鳳將雛以澤雉送曲樂府解題曰後人更爲四時行樂之詞謂之子夜四時歌又有大子夜歌子夜警歌子夜變歌皆曲之變也

晉宋齊辭

落日出前門瞻矚見子度冶容多姿鬢芳香已盈路

芳是香所爲冶容不敢當天不奪人願故使儂見郎

宿昔不梳頭絲髮被兩肩婉伸郎膝上何處不可憐

自從别歡來奩器了不開頭亂不敢理粉拂生黃衣

崎嶇相怨慕始獲風雲通玉林語石闕悲思兩心同

作牀石闕漢碑名隱言悲也

見娘善容媚願得結金蘭空織無經緯求匹理自難　善一

作喜

始欲識郎時兩心望如一理絲入殘機何悟不成匹

前絲斷纏綿意欲結交情春蠶易感化絲子已復生　纏一

作成

今日已歡別合會在何時明燈照空局悠然未有期

自從別郎來何日不咨嗟黃蘗鬱成林當奈苦心多

高山種芙蓉復經黃蘗塢果得一蓮時流離嬰辛苦

朝思出前門暮思還後渚語笑向誰道腹中陰憶汝

擘枕非憁臥郎來就儂嬉小喜多唐突相憐能幾時
駐箸不能食蹇蹇步闈裏投瓊著局上終日走博子
郎爲傷人取負儂非一事擲門不安橫無復相關意
年少當及時蹉跎日就老若不信儂語但看霜下草
綠攬迮題錦雙裙今復開已許腰中帶誰共解羅衣
常慮有貳意歡今果不齊枯魚就濁水長與清流乖
歡愁儂亦慘郎笑我便喜不見連理樹異根同條起
感歡初殷勤歎子後遼落打金側瑇瑁外豔裏懷薄
别後涕流連相思情悲滿憶子腹糜爛肝腸尺寸斷
道近不得數遂致盛寒違不見東流水何時復西歸

誰能思不歌誰能飢不食日冥當戶倚惆悵底不憶
攬裙未結帶約眉出前牕羅裳易飄颺小開罵春風
舉酒待相勸酒還杯亦空願因微觴會心感色亦同
夜覺百思纏憂歎涕流襟徒懷傾筐情郎誰明儂心
儂年不及時其於作乖離素不如浮萍轉動春風移
夜長不得眠轉側聽更鼓無故歡相逢使儂肝腸苦
歡從何處來端然有憂色三喚不一應有何比松柏
念愛情慊慊傾倒無所惜重簾持自鄣誰知許厚薄
氣清明月朗夜與君共嬉郎歌妙意曲儂亦吐芳詞
驚風急素柯白日漸微濛郎懷幽閨性儂亦恃春容

夜長不得眠明月何灼灼想聞散喚聲虛應空中諾
人各既疇匹我志獨乖違風吹冬簾起許時寒薄飛
我念歡的的子行由豫情霧露隱芙蓉見蓮不分明讀曲歌一首與此同首句云非歡獨慊慊子作歡不作詎
儂作北辰星千年無轉移歡行白日心朝東暮還西
憐歡好情懷移居作鄉里桐樹生門前出入見梧子
遣信歡不來自往復不出金銅作芙蓉蓮子何能實
初時非不密其後日不如回頭批櫛脫轉覺薄志疎
寢食不相忘同坐復俱起玉藕金芙蓉無稱我蓮子
恃愛如欲進含羞未肯前朱口發豔歌玉指弄嬌弦此下

二首玉臺作梁武帝一見子夜警歌

朝日照綺錢光風動紈素巧咲蒨兩犀美目揚雙蛾

子夜四時歌 七十五首　晉宋齊辭

春歌 二十首

春風動春心流目矚山林山林多奇采陽鳥吐清音

綠荑帶長路丹椒重紫莖流吹出郊外共歡弄春英

光風流月初新林錦花舒情人戲春月窈窕曳羅裾

妖冶顏蕩駘景色復多媚溫風入南牖織婦懷春意

碧樓冥初月羅綺垂新風含春未及歌桂酒發清容

杜鵑竹裏鳴梅花落滿道燕女遊春月羅裳曳芳草

朱光照綠苑丹華粲羅星那能閨中繡獨無懷春情
鮮雲媚朱景芳風散林花佳人步春苑繡帶飛粉葩
羅裳迮紅袖玉釵明月璫冶遊步春露艷覓同心郎
春林花多媚春鳥意多哀春風復多情吹我羅裳開
新燕弄初調杜鵑競晨鳴畫眉忩注口遊步散春情
梅花落已盡柳花隨風散歎我當春年無人相要喚
昔別鴈集渚今還燕巢梁敢辭歲月久但使逢春陽
春園花就黃陽池水方淥酙酒初滿杯調弦始成曲（成一作終）
娉婷揚袖舞阿那曲身輕照灼蘭光在容冶春風生

阿那曜姿舞逶迤唱新歌翠衣發華洛回情一見過

明月照桂林初花錦繡色誰能不相思獨在機中織（明月照桂林玉臺作朝日照北林）

崎嶇與時競不復自顧慮春風振榮林常恐華落去

思見春花月含咲當道路逢儂多欲擿可憐持自誤

自從別歡後歎音不絕響黃蘗向春生苦心隨日長

夏歌二十首

高堂不作壁招取四面風吹歡羅裳開動儂含咲容

反覆華簟上屏帳了不施郎君未可前待我整容儀

開春初無歡秋冬更增淒共戲炎暑月還覺兩情諧

春別猶春戀夏還情更久羅帳為誰褰雙枕何時有
疊扇放牀上企想遠風來輕袖拂華粧窈窕登高臺
含桃已中食郎贈合歡扇深感同心意蘭室期相見
田蠶事已畢思婦猶苦身當暑理絺服持寄與行人
朝登涼臺上夕宿蘭池裏乘月採芙蓉夜夜得蓮子
暑盛靜無風夏雲薄暮起攜手密葉下浮瓜沉朱李
鬱蒸仲暑月長嘯北湖邊芙蓉始結葉抱豔未成蓮
適見戴青幡三春已復傾林鵲改初調林中夏蟬鳴
春桃初發紅惜色恐儂擿朱夏花落去誰復相尋覓
昔別春風起今還夏雲浮路遙日月促非是我淹留

青荷蓋綠水芙蓉葩紅鮮郎見欲採我我心欲懷蓮
四周芙蓉池朱堂敞無壁珍簟鏤玉牀繾綣任懷適
赫赫盛陽月無儂不握扇窈窕瑤臺女冶遊戲涼殿
春傾桑葉盡夏開蠶務畢晝夜理機絲知欲早成匹
情知三夏熱今日偏獨甚香巾拂玉席共郎登樓寢
輕衣不重綵飈風故不涼三伏何時過許儂紅粉粧
盛暑非遊節百慮相纏綿汎舟芙蓉湖散思蓮子間

秋歌十八首

風清覺時涼明月天色高佳人理寒服萬結砧杵勞
清露凝如玉涼風中夜發情人不還臥冶遊步明月

鴻鴈搴南去乳燕指北飛征人難爲思願逐秋風歸

開牕取月光滅燭解羅裳含咲帷幌裏舉體蘭蕙香取一作秋

適憶三陽初今已九秋暮追逐太始樂不覺華年度

飄飄初秋夕明月耀秋輝握腕同遊戲庭含媚素歸

秋夜涼風起天高星月明蘭房競粧飾綺帳待雙情

涼風開牕寢斜月垂光照中宵無人語羅幌有雙咲

金風扇素節玉露凝成霜登高去來鴈惆悵客心傷

草木不常榮顦顇爲秋霜今遇泰始世年逢九春陽常一作長

自從別歡來何日不相思常恐秋葉零無復蓮條時
掘作九州池盡是大宅裏處處種芙蓉婉轉得蓮子
初寒八九月獨纏自絡絲寒衣尚未了郎喚儂底爲
秋愛兩兩鴈春感雙雙燕蘭鷹接野雞雉落誰當見
仰頭看桐樹桐花特可憐願天無霜雪梧子解千年按讀曲歌一首與此同但無首句
白露朝夕生秋風淒長夜憶郎須寒服乘月擣白素
秋風入牕裏羅帳起飄颺仰頭看明月寄情千里光風玉臺作威
別在三陽初望還九秋暮惡見東流水終年不西顧

冬歌十七首

淵氷厚三尺素雪覆千里我心如松柏君情復何似

塗澀無人行冐寒往相覓若不信儂時但看雪上跡

寒鳥依高樹枯林鳴悲風爲歡顦顇盡那得好顔容

夜半冐霜來見我輒怨唱懷氷闇中倚已寒不蒙亮

躡履步荒林蕭索悲人情一唱泰始樂枯草銜花生

昔别春草緑今還墀雪盈誰知相思老玄鬢白髮生

寒雲浮天凝積雪氷川波連山結玉巖修庭振瓊柯

炭爐却夜寒重袍坐疊褥與郎對華榻弦歌秉蘭燭秉一作炳

天寒歲欲暮朔風舞飛雪懷人重衾寢故有三夏熱
冬林葉落盡逢春已復曜葵藿生谷底傾心不蒙照
朔風灑霰雨綠池蓮水結願歡攘皓腕共弄初落雪
嚴霜白草木寒風晝夜起感時爲歡歎霜鬢不可視
何處結同心西陵柏樹下晃蕩無四壁嚴霜凍殺我
白雪停陰岡丹華耀陽林何必絲與竹山水有清音
未嘗經辛苦無故彊相矜欲知千里寒但看井水冰
果欲結金蘭但看松柏林經霜不墮地歲寒無異心墮一作墜　此首一作梁武帝
適見三陽日寒蟬已復鳴感時爲歡歎白髮綠鬢生

子夜四時歌 十六首

梁武帝

春歌 四首

階上香入懷庭中花照眼春心鬱如此情來不可限 鬱一作一郭本作王金珠

蘭葉始滿池梅花已落枝持此可憐意摘以寄心知

朱日光素冰黃華映白雪折梅寄佳人共迎陽春月 郭本作王金珠迎一作道

花塢蝶雙飛柳堤鳥百舌不見佳人來徒勞心斷絕 郭本不載

夏歌 四首

江南蓮花開紅光照碧水色同心復同藕異心無異

藝文所載一首與前小異江南蓮花水紅光復碧色同絲有同藕異心無異菂

閨中花如繡簾上露如珠欲知有所思停織復踟躕

玉盤貯朱李金杯盛白酒本欲持自親復恐不甘口貯一作著郭本作王金珠

含桃落花日黃鳥營飛時君住馬已疲妾去蠶欲飢欲一作巳

秋歌四首

繡帶合歡結錦衣連理文懷情入夜月含咲出朝雲繡帶合歡結一作寒閨周黼帳郭本作王金珠冬歌

七采紫金柱九華白玉梁但歌雲不去含吐有餘芳一雲作繞郭本作王金珠子夜變歌

當信抱梁期莫聽回風音鏡中兩人髻分明無兩心

吹漏未可停斷弦更當續俱作雙絲引共奏同心曲郭本作王金珠未一作不更當一作當更詩紀云樂府不載悞

冬歌 四首

寒閨動黻帳密筵重錦席賣眼拂長袖含笑畱上客

別時鳥啼戶今晨雪滿墀過此君不返但恐綠鬢衰

果欲結金蘭但看松柏林經霜不墮地歲寒無異心

一年漏將盡萬里人未歸君志固有在妾軀乃無依郭本

不載

子夜四時歌 三首　梁王金珠

夏歌 一首

垂簾倦煩熱卷幌乘清陰風吹合歡帳直動相思琴

秋歌 二首

疊素蘭房中勞情桂杵側朱顏潤紅粉香汗光玉色

紫莖垂玉露綠葉落金櫻著錦如言重衣羅始覺輕

大子夜歌 二首此與警歌變歌詩紀皆附爲晉辭

歌謠數百種子夜最可憐慷慨吐清音明轉出天然

絲竹發歌響假器揚清音不知歌謠妙聲勢出口心

子夜警歌 二首

鏤椀傳綠酒雕罏薰紫煙誰知苦寒調共作白雪弦

恃愛如欲進含羞出不前朱口發豔歌玉指弄嬌弦

子夜變歌 三首 宋書樂志曰六變諸曲皆因事制歌古今樂錄曰子夜變歌前作持子送後作歡娛我送子夜警歌無送聲仍作變故呼爲變頭謂六變之首也

人傳歡負情我自未嘗見三更開門去始知子夜變

歲月如流邁春盡秋已至熒熒條上花零落何乃駛

歲月如流邁行已及素秋蟋蟀吟堂前惆悵使儂愁

古樂苑卷第二十三 終

古樂苑卷第二十四

西吳　梅鼎祚　補正
東越　呂胤昌　校閱

清商曲辭 吳聲歌曲 神弦歌

吳聲歌曲二

上聲歌 八首

古今樂錄曰上聲歌者此因上聲促柱得名或用一調或用無調名如古歌辭所言謂哀思之音不及中和梁武因之改辭無復雅句

晉宋齊辭 齊一作梁

儂本是蕭草持作蘭桂名芬芳頓交盛感郎爲上聲

郎作上聲曲柱促使弦哀譬如秋風急觸遇傷儂懷

初歌子夜曲改調促鳴箏四座暫寂靜聽我歌上聲

三鼓染烏頭聞鼓白門裏擘裳抱履走何冥不輕紀

三月寒暖適楊柳可藏雀未言涕交零如何見君隔

新衫繡兩襠迮著羅裳裏行步動微塵羅裙從風起襠一作端裳一作裙從一作隨

裲襠與郎著反繡持貯裏汗汙莫濺浣持許相存在

春月㬉何太生裙迮羅襪曖曖日欲暝從儂門前過

同前郭本作王金珠　梁武帝

花色過桃杏名稱重金瓊名歌非下里含笑作上聲

歡聞歌古今樂錄曰歡聞歌者晉穆帝升平初歌畢輒呼歡聞不以爲送聲後因此爲

曲名今世用莎持乙子代之語稍訛異也

迢遙天無柱流漂萍無根單身如螢火持底報郎恩迢郭作遥

同前二首　梁武帝

豔豔金樓女心如玉池蓮持底報郎恩俱期遊梵天

南有相思木合影復同心遊女不可求誰能息空陰一作識得音此首郭本作王金珠歡聞變歌

歡聞變歌六首古今樂錄曰歡聞變歌者晉穆帝升平中童子輩忽歌於道曰阿子聞曲終輒云阿子汝聞不無幾而穆帝崩褚太后哭阿子汝聞不聲既悽苦因以名之

金罡九重墻玉壁珊瑚柱中夜來相尋喚歡聞不顧

歡來不徐徐陽牕都銳戶耶婆尚未眠肝心如推櫓

張罾不得魚不櫓罾空歸君非鸕鷀鳥底爲守空池

刻木作斑鵻有翅不能飛搖著帆檣上望見千里磯

鍥臂飲清血牛羊持祭天沒命成灰土終不罷相憐

駛風何曜曜帆上牛渚磯帆作繖子張船如侶馬馳

前溪歌

七首宋書樂志曰前溪歌者晉車騎將軍沈玩所制郗昂樂府解題曰前溪舞曲也左云古辭苕溪漁隱叢話曰于兢大唐傳湖州德清縣南前溪村則南朝集樂之處今尚有數百家習音樂江南聲伎多自此出所謂舞出前溪者也復齋謾錄言陳劉删詩山邊歌落日池上舞前溪唐崔顥詩舞愛前溪妙歌憐子夜長按智匠古今樂錄晉車騎將軍沈玩作前溪歌而非舞也蓋復齋不曾見于兢大唐傳故不知舞出前溪耳

晉沈玩

憂思出門倚逢郎前溪度莫作流水心引新都捨故

為家不鑿井擔瓶下前溪開穿亂漫下但聞林鳥啼

前溪滄浪映通波澄淥清聲弦傳不絕千載寄汝名永

與天地并

逍遙獨桑頭北望東武亭黃瓜被山側春風感郎情

逍遙獨桑頭東北無廣親黃瓜是小草春風何足歎憶

汝涕交零

黃葛結蒙籠生在洛溪邊花落隨流去何見逐流還

亦不復鮮 隨流郭本作逐水何見逐流一作何當順流當又作嘗玉臺無末句

黃葛生爛熳誰能斷葛根寧斷嬌兒乳不斷郎殷勤

同前　梁包明月

當曙與未曙百鳥啼窻前獨眠抱被歎憶我懷中儂單情何時雙

阿子歌 三首宋書樂志曰阿子歌者亦因升平初歌云阿子汝聞不後人演其聲爲阿子歡聞二曲樂苑曰嘉興人養鴨兒鴨兒既死因有此歌未知孰是

阿子復阿子念汝好顏容風流世希有窈窕無人雙

春月故鴨啼獨雄顛倒落工知悅弦匆故來相尋博

野田草欲盡東流水又暴念我雙飛鳧飢渴常不飽

同前　梁王金珠

可憐雙飛鳬飛集野田頭飢食野田草渴飲清河流

丁督護歌六首一曰阿督護宋書樂志曰督護歌者彭城内史徐逵之爲魯軌所殺宋高祖使府内直都護丁旿收斂殯埋之逵之妻高祖長女也呼旿至閤下自問斂送之事每問輙歎息曰丁督護其聲哀切後人因其聲廣其曲焉唐書樂志曰丁督護晉宋間曲也今歌是宋武帝所製云　宋孝武帝

督護北征去前鋒無不平朱門垂高蓋永世揚功名

洛陽數千里孟津流無極辛苦戎馬間別易會難得

督護北征去相送落星墟帆檣如芒檉督護今何渠

督護初征時儂亦惡聞許願作石尤風四面斷行旅

聞歡去北征相送直瀆浦只有淚可出無復情可吐

黃河流無極洛陽數千里轗軻戎旅間何由見歡子此首

郭本作王金珠

團扇郎

樂府集曰晉中書令王珉好捉白團扇侍人謝芳姿歌之因以爲名一說珉與嫂婢有愛情好甚篤嫂鞭撻過苦婢素善歌而珉好持白團扇嫂令芳姿歌一曲當赦之芳姿歌曰白團扇辛苦五流離是郎眼所見珉曰奈何遺却芳姿應聲又歌曰團扇復團扇許持自遮面憔悴無復理羞與郎相見按古今樂錄與後說同末云後人因而歌之但所言芳姿應聲又歌云白團扇顦顇非昔容羞與郎相見郭氏從之然不作正錄前載團扇復團扇一首玉臺作桃葉答團扇歌馮惟訥云團扇歌事本如此此郭茂倩樂府所載犢車薄不乘四首乃晉宋古辭失其名氏楊慎以爲芳姿本辭誤也

晉謝芳姿

白團扇辛苦五流連是郎眼所見

白團扇顦顇非昔容羞與郎相見

同前 三首前二首樂府作古辭後首梁王金珠今從玉臺 桃葉

七寶畫團扇燦爛明月光餉郎却暄暑相憶莫相忘 餉玉臺作與

青青林中竹可作白團扇動搖郎玉手因風託方便

團扇復團扇持許自遮面憔悴無復理羞與郎相見

同前 四首 無名氏

犢車薄不乘步行耀玉顏逢儂都共語起欲著夜半

團扇薄不搖窈窕搖蒲葵相憐中道罷定是阿誰非

御路薄不行窈窕決橫塘團扇鄣白日面作芙蓉光
白練薄不著趣欲著錦衣異色都言好清白為誰施

同前　梁武帝

手中白團扇淨如秋團月清風任動生嬌香承意發一作嬌聲任意發

七日夜女郎歌九首　詩紀晉辭

三春怨離泣九秋欣期歌駕鸞行日時月明濟長河
長河起秋雲漢渚風涼發含欣出霄路可咲向明月
金風起漢曲素月明河邊七章未成匹飛燕起長川一燕作鸞

春離隔寒暑明秋暫一會兩歎別日長雙情若飢渴
婉孌不終夕一別周年期桑蠶不作繭晝夜長懸絲
靈匹怨離處索居隔長河玄雲不應雷是儂啼歎歌
振玉下金堦拭眼矚星蘭惆悵登雲軺悲恨兩情殫
風驂不駕纓翼人立中庭簫管且停吹展我敘離情
紫霞煙翠蓋斜月照綺牕銜悲握離袂易爾還年容

長史變歌三首宋書樂志曰長史變歌者晉司徒左長史王廞臨敗所制左云古辭

晉王廞

出儂吳閶門清水綠碧色徘徊戎馬間求罷不能得
日和狂風扇心故清白節朱門前世榮千載表忠烈

朱桂結貞根芳芬溢帝庭凌霜不改色枝葉永流榮芬一作菲

黃生曲三首詩紀晉辭

黃生無誠信冥彊將儂期通夕出門望至曉竟不來

崔子信桑條餧去都餧還爲歡復摧折命生絲髮間

松柏葉青蒨石榴花葳蕤迮置前後事歡今定憐誰

黃鵠曲四首列女傳曰魯陶嬰者少寡養幼孤魯人或聞其義將求焉嬰聞之恐不得免乃作黃鵠歌明已之不更二庭也按黃鵠本漢橫吹曲名西曲襄陽樂畧同首曲

黃鵠參天飛半道鬱徘徊腹中車輪轉君知思憶誰

黃鵠參天飛半道還哀鳴三年失羣侶生離傷人情

黃鵠參天飛凝融爭風回高翔入玄闕時復乘雲頹

黃鵠參天飛半道還後渚欲飛復不飛悲鳴覓群侶

碧玉歌 三首 樂苑曰碧玉歌者宋汝南王所作也碧玉汝南王妾名以寵愛之甚所以歌之按玉臺新詠載一首爲孫綽作題云情人碧玉歌則又似不始宋矣左本古辭今姑仍郭氏之舊而各注孫綽梁武于曲下

碧玉破瓜時郎爲情顛倒芙蓉淩霜榮秋容故尚好

碧玉小家女不敢攀貴德感郎千金意慙無傾城色 玉臺作孫綽

碧玉小家女不敢貴德攀感郎意氣重遂得結金蘭

同前 二首

碧玉破瓜時相爲情顛倒感郎不羞郎回身就郎抱 感郎

不羞郎一云感君不羞赧玉臺作孫綽

杏梁日始照蕙席歡未極碧玉奉金杯淥酒助花色 玉臺

作梁武帝

同前

碧玉上宮妓出入千花林珠被玳瑁牀感郎情意深

桃葉歌 古今樂錄曰桃葉歌者晉王子敬之所作也桃葉子敬妾名緣於篤愛所以歌之隋書五行志曰陳時江南盛歌王獻之桃葉詞云桃葉復桃葉渡江不用檝但渡無所苦我自迎接汝後隋晉王廣伐陳置將桃葉山下及韓擒虎渡江大將任蠻奴至新亭以導北軍之應子敬獻之字也左克明云古辭今從玉臺王獻之作樂府集云桃葉獻之妾

姝曰桃根今秦淮口有桃葉渡即其事古人載桃葉答獻之乃團扇歌蓋傳者誤也今按桃葉映紅花已二首云是桃葉答歌

晉王獻之

桃葉復桃葉渡江不用檝但渡無所苦我自迎接汝藝文作我自來迎接

桃葉復桃葉桃樹連桃根相憐兩樂事獨使我殷勤藝文作我纏緜

同前 左本作古辭今從彤管新編　桃葉

桃葉映紅花無風自婀娜春花映何限感君獨採我

桃葉復桃葉渡江不待櫓風波了無常沒命江南渡

長樂佳 七首詩紀晉辭

小庭春映日四角佩琳琅玉桄龍鬚席郎暝首何當

雎鳩不集林體潔好清流貞節曜奇世長樂戲汀洲

鴛鴦翻碧樹皆以戲蘭渚寢食不相離長莫過時許

欲知長樂佳中陵羅淑女媚蘭雙情諧

欲知長樂佳中陵羅雎鳩美死兩心齊

比翼交頸遊千載不相離偕情欣歡念長樂佳

欲知長樂佳中陵羅背林前溪長相隨

同前

紅羅複斗帳四角垂珠璫玉桄龍鬚席郎眠何處牀

歡好曲 三首詩紀晉辭

淑女總角時喚作小姑子。空豔初春花人見誰不闕

窈窕上頭歡那得及破瓜。但看脫葉蓮何如芙蓉花

逶迤總角年華豔星間月遥見情傾庭不覺喉中噦

懊儂歌

本一首古今樂錄曰懊儂歌者晉石崇綠珠所作唯絲布澀難縫一曲而已後皆隆安初民間訛謠之曲宋少帝更制新歌三十六曲齊太祖常謂之中朝曲梁天監十一年武帝敕法雲改爲相思曲宋書五行志曰晉安帝隆安中民間作懊惱歌其曲中有草生可攬結女兒可攬抱之言桓玄旣篡居天位義旗以三月二日掃定京師玄之宮女及逆黨之家子女妓妾悉爲軍賞東及甌越北流淮泗人皆有所獲焉時則草可結事則女可抱信矣

晉綠珠

絲布澀難縫令儂十指穿黃牛細犢車遊戲出孟津

同前十三首　　無名氏

江中白布帆烏布禮中帷潭如陌上鼓許是儂歡歸

江陵去揚州三千三百里已行一千三所有二千在

寡婦哭城頹此情非虛假相樂不相得抱恨黃泉下

内心百際起外形空殷勤既就頹城感敢言浮花言

我與歡相憐約誓底言者常歎負情人郎今果成詐

我有一所歡安在深閤裏桐樹不結花何由得梧子

長檣鐵鹿子布帆阿那起詫儂安在間一去三千里

暫薄牛渚磯歡不下廷板水深沾儂衣白黑何在浣

愛子好情懷傾家科理亂攬裳未結帶落託行人斷

月落天欲曙能得幾時眠悽悽下牀去儂病不能言

髪亂誰料理託儂言相思還君華豔去催送實情來

山頭草歡少四面風趨使儂顛倒

懊惱奈何許夜聞家中論不得儂與汝華山畿一曲畧同

懊儂曲歌南齊書王敬則傳曰敬則繇功封尋陽郡公出爲會稽太守明帝既多殺害自以高武舊臣心懷憂恐諸子在都上遣敬則世子仲雄入東安慰之仲雄善彈琴當時新絶江左有蔡邕焦尾琴在主衣庫上敕五日一給仲雄仲雄於御前鼓琴作懊儂曲歌帝愈猜愧後敬則竟以反誅齊王仲雍

常歎負情儂郎今果行許疑即前曲我與歡一首韻語陽秋又有後二句皆闕文也

君行不淨心那得惡人題

華山畿

本曲一首古今樂錄曰華山畿者宋少帝時懊惱一曲亦變曲也少帝時南徐一士子從華山畿往雲陽見客舍有女子年十八九悅之無因遂感心疾母問其故具以啓母母爲至華山尋訪見女具說女聞感之因脫蔽膝令母密置其席下臥之當已少日果差忽舉席見蔽膝而抱持遂吞食而死氣欲絶謂母曰葬時車載從華山度母從其意比至女門牛不肯前打拍不動女曰且待須臾粧點沐浴既而出歌曰華山畿君既爲儂死獨活爲誰施歡若見憐時棺木爲儂開棺應聲開女透入棺家人叩打無如之何乃合葬呼曰神女冢

華山畿女

華山畿君既爲儂死獨活爲誰施歡若見憐時棺木爲儂開 活一作生

同前二十四首 宋辭

聞歡大養蠶定得幾許絲所得何足言奈何黑瘦爲

夜相思投壺不停箭憶歡作嬌時

開門枕水渚三刀治一魚歷亂傷殺汝

未敢便相許夜聞儂家論不持儂與汝

懊惱不堪止上牀解要繩自經屏風裏

啼著曙淚落枕將浮身沈被流去

將懊惱石闕晝夜題碑淚常不燥

別後常相思頓書千丈闕題碑無罷時

奈何許所歡不在間嬌笑向誰緒

隔津歎牽牛語織女離淚溢河漢（歎一作歡）

啼相憶淚如漏刻水晝夜流不息
著處多遇羅的的往年少豔情何能多
無故相然我路絕行人斷夜夜故望汝
一坐復一起黃昏人定後許時不來已
摩可濃巷巷相羅截終當不置汝
不能久長離中夜憶歡時抱被空中啼
腹中如湯灌肝腸寸寸斷教儂底聊賴
相送勞勞渚長江不應滿是儂淚成許
奈何許天下人何限慊慊只爲汝
郎情難可道歡行豆挾心見荻多欲繞

松上蘿願君如行雲時時見經過

夜相思風吹牕簾動言是所歡來

長鳴雞誰知儂念汝獨向空中啼

腹中如亂絲憒憒適得去愁毒已復來

讀曲歌

八十九首宋書樂志曰讀曲歌者民間爲彭城王義康所作也其歌云死罪劉領軍誤殺劉第四是也古今樂錄曰讀曲歌者元嘉十七年袁后崩百官不敢作聲歌或因酒讌止竊聲讀曲細吟而已以此爲名按義康被徙亦是十七年

花釵芙蓉髻雙鬟如浮雲春風不知著好來動羅裙

念子情難有已惡動羅裙聽儂入懷不

紅藍與芙蓉我色與歡敵莫案石榴花歷亂聽儂摘

千葉紅芙蓉照灼綠水邊餘花任郎摘慎莫罷儂蓮
思歡久不愛獨枝蓮只惜同心藕
打壞木棲牀誰能坐相思三更書石闕憶子夜啼碑
奈何不可言朝看莫牛跡知是宿蹄痕
娑拖何處歸道逢播掿郎口朱脫去盡花釵復低昂
所歡子蓮從胷上度刺憶庭欲死
攬裳踱跣把絲織履故交白足露
上知所所歡不見憐憎狀從前度
思難忍絡鼉語猶壺倒寫儂頓盡
上樹摘桐花何悟枝枯燥迢迢空中落遂爲梧子道

桐花特可憐願天無霜雪梧子解千年

柳樹得春風一低復一昂誰能空相憶獨眠度三陽玉臺載作獨曲

折楊柳百鳥園林啼道歡不離口

縠衫兩袖裂花釵鬢邊低何處分別歸西上古餘啼

所歡子不與他人別啼是憶郎耳

披被樹明燈獨思誰能忍欲知長寒夜蘭燈傾壺盡

坐起歎汝好願他甘叢香傾筐入懷抱

適髮不可料顦顇爲誰睹欲知相憶時但看裙帶緩幾許適舊作通誤

憶歡不能食徘徊三路間因風覓消息

朝日光景開從君良燕遊願如卜者策長與千歲龜

所歡子問春花可憐摘插兩襠裏

芳萱初生時知是無憂草雙眉畫未成那能就郎抱

百花鮮誰能懷春日獨入羅帳眠

聞歡得新儂四支懊如垂烏散放行路井中百翅不能飛

憐歡敢喚名念歡不喚字連喚歡復歡兩誓不相棄

奈何許石闕生口中銜碑不得語

白門前烏帽白帽來白帽郎是儂良不知烏帽郎是誰

初陽正二月草木鬱青青躡履步前園時物感人情
青幡起御路綠柳蔭馳道歡贈玉樹箏儂送千金寶
桃花落已盡愁思猶未央春風難期信託情明月光
計約黃昏後人斷猶未來聞歡開方局已復將誰期
自從別郎後臥宿頭不舉飛龍落藥店骨出只爲汝
日光沒已盡宿鳥縱橫飛徙倚望行雲躞蹀待郎歸
百度不一回千書信不歸春風吹楊柳華豔空徘徊
音信闊弦朔方悟千里遥朝霜語白日知我爲歡消
合冥過藩來向曉開門去歡取身上好不爲儂作虛
五鼓起開門正見歡子度何處宿行還衣被有霜露

本自無此意誰交郎舉前視儂轉邁邁不復來時言

自我別歡後歡音不絕響茱萸持捻泥龕有殺子像

家貧近店肆出入引長事郎君不浮華誰能呈實意

念日行不遇道逢播掿郎查滅衣服壞白肉亦黯瘡

歔欷闇中啼斜日照帳裏無油何所苦但使天明爾後有

二首與此畧同

黃絲咡素琴泛彈弦不斷百弄任郎作唯莫廣陵散

思歡不得來抱被空中語月沒星不亮持底明儂緒

詐我不出門冥就他儂宿鹿轉方相頭丁倒欺人目

歡但且還去遣信相參伺契兒向高店須臾儂自來

欲行一過心誰我道相憐摘菊持飲酒浮華著口邊
語我不遊行常常走巷路敗橋語方相欺儂那得度
潤面行負情詐我言端的畫背作天圖子將負星歷
君行負憐事那得厚相於麻紙語三葛我薄汝麤跡
黃天不滅解甲夜曙星出漏刻無心腸復令五更畢
打殺長鳴雞彈去烏臼鳥願得連瞑不復曙一年都一
曉
空中人住在高牆深閣裏書信了不通故使風往爾
儂心常慊慊歡行由預情霧露隱芙蓉見蓮詎分明
非歡獨慊慊儂意亦驅驅雙燈俱時盡奈許兩無由

誰交彊纒緜常持罷作慮作生隱藕葉蓮儂在何處
相憐兩樂事黃作無趣怒合散無黃蓮此事復何苦
誰交彊纒緜常持罷作意走馬織懸簾薄情奈當駛
執手與歡別合會在何時明燈照空局悠然未有期
百憶却欲噫兩眼常不燥蕃師五鼓行離儂何太早
合笑來向儂一抱不能置領後千里帶那頓誰多媚
歡相憐今去何時來裲襠別去年不忍見分題
歡相憐題心共歃血流頭入黃泉分作兩死計
嬌笑來向儂一抱不能已湖燥芙蓉萎蓮汝藕欲死
歡心不相憐慊苦竟何已芙蓉腹裏萎蓮汝從心起

下帷掩燈燭明月照帳中無油何所苦但使天明儂一

執手與歡別欲去情不忍餘光照巳藩坐見離日盡

種蓮長江邊藕生黄蘗浦必得蓮子時流離經辛苦

人傳我不虛實情明把納芙蓉萬層生蓮子信重沓

聞乖事難懷況復臨別離伏龜語石板方作千歲碑

鈴盪與時競不得尋傾慮春風扇芳條常念花落去

坐倚無精魂使我生百慮方局十七道期會是何處

暫出白門前楊柳可藏烏歡作沈水香儂作博山鑪此亦見楊叛兒曲

十期九不果常抱懷恨生然燈不下炷有油那得明

自從近日來了不相尋博竹簾裲襠題知子心情薄
下帷燈火盡朗月照懷裏無油何所苦但令天明爾
近日蓮違期不復尋博子六籌翻雙魚都成罷去已
一夕就郎宿通夜語不息黃蘗萬里路道苦真無極
登店賣三葛郎來買丈餘合匹與郎去誰解斷麤跡
儂亦麤經風罷頓葛帳裏敗許麤跡中
紫草生湖邊悞落芙蓉裏色分都未獲空中染蓮子
閨閤斷信使的的兩相憶譬如水上影分明不可得
逍遙待曉分轉側聽更鼓明月不應停特爲相思苦
罷去四五年相見論故情殺荷不斷藕蓮心已復生

辛苦一朝歡須臾情易厭行膝點芙蓉深蓮非骨念

憐苦憶儂歡書作後非是五果林中度見花多憶子

吳聲讀曲 南齊時朱碩仙善歌吳聲讀曲武帝出遊鍾山幸何美人墓碩仙歌帝神色不悅曰小人不遜弄我時朱子尚亦善歌復爲一曲於是俱被賞賚

齊朱碩仙

二憶所歡時緣山破芿荏山神感儂意盤石銳鋒動

同前 朱子尚

暧暧日欲冥歡騎立踟躕太陽猶尚可且願停須臾

春江花月夜 二首晉書樂志曰春江花月夜玉樹後後庭花堂堂並陳後主所作後主常與宮中女學士及朝臣相和爲詩太常令何胥又善於文詠採其尤豔麗者以爲此

曲按此則隋煬是擬作

隋煬帝

暮江平不動春花滿正開流波將月去潮水帶星來帶王臺作共

夜露含花氣春潭瀁月暉漢水逢遊女湘川值兩妃

同前　諸葛穎

張帆渡柳浦結纜隱梅洲月色含江樹花影覆船樓

玉樹後庭花　隋書樂志曰陳後主於清樂中造黃鸝留及玉樹後庭花金釵兩髻垂等曲與幸臣等製其歌辭綺豔相高極於輕蕩男女唱和其音甚哀五行志曰禎明初後主作新歌辭甚哀怨令後宮美人習而歌之其辭曰玉樹後庭花花開不復久時人以歌讖此其不久兆也南史曰後主張貴妃名麗華與龔孔二貴嬪王李二美人張薛二淑

媛袁昭儀何婕妤江脩容等並有寵又以宮人袁大捨等爲女學士每引賓客遊宴則使諸貴人女學士與狎客共賦新詩采其尤豔麗者以爲曲調被以新聲選宮女千數歌之其曲有玉樹後庭花臨春樂等其畧云璧月夜夜滿瓊樹朝朝新大抵皆美張貴妃孔貴嬪之容色按大業拾遺記璧月句益江摠辭也

陳後主

麗宇芳林對高閣新粧豔質本傾城映戶凝嬌乍不進出帷含態咲相迎妖姬臉似花含露玉樹流光照後庭

汎龍舟

隋書樂志曰煬帝大製豔篇辭極淫綺令樂正白明達造新聲剏萬歲樂藏鉤樂七夕相逢樂舞席同心髻玉女行觴神仙留客擲磚續命鬬雞子鬬百草汎龍舟還舊宮長樂花十二時等曲掩抑摧藏哀音斷絕唐書樂志曰汎龍舟隋煬帝江都宮作隋書本紀曰大業元年二月開通濟渠引河通淮造龍舟鳳艒黃龍赤艦樓船舫等數萬艘八月

上御龍舟幸江都舳艫相接二百餘里　隋煬帝

舳艫千里泛歸舟言旋舊鎮下揚州借問揚州在何處
淮南江北海西頭六轡聊停御百丈暫罷開山歌棹謳
詎似江東掌閒地獨自稱言鑑裏遊

黄竹子歌　唐李康成曰黄竹一歌江陵女歌皆今時吳歌也詩紀列爲晉辭

江邊黄竹子堪作女兒箱一船使兩槳得孃還故鄉

江陵女歌　玉臺作隋煬帝

雨從天上落水從橋下流拾得娘裙帶同心結兩頭

神弦歌

古今樂錄曰神弦歌十一曲一曰宿阿二曰道君三曰聖郎四曰嬌女五曰白石郎六曰青溪

小姑七日湖就姑八日姑恩九日採菱童十日明下童十一日同生按詩紀並載晉後左克明云古

辭

宿阿曲 一曲

蘇林開天門趙尊閉地戶神靈亦道同眞官今來下

道君曲 一曲

中庭有樹自語梧桐推枝布葉

聖郎曲 一曲

左亦不佯佯右亦不佯佯翼翼仙人在郎傍玉女在郎側酒無沙糖味爲他通顏色

嬌女詩 二曲 晉左思有嬌女詩未詳與此同否

北遊臨河海遙望中菰菱芙蓉發盛華淥水清且澄弦歌奏聲節髣髴有餘音

蹀躞越橋上河水東西流上有神仙居下有西流魚行不獨自三三兩兩俱神仙一作仙聖

白石郎曲 二曲

白石郎臨江居前導江伯後從魚

積石如玉列松如翠郎豔獨絕世無其二

青溪小姑曲

干寶搜神記曰廣陵蔣子文嘗爲秣陵尉因擊賊傷而死吳孫權時封中都侯立廟鍾山異苑曰青溪小姑蔣侯第三妹也齊諧記所載趙文韶遇青溪神女事見後鬼詩

開門白水側近橋梁小姑所居獨處無郎

湖就姑曲　一曲

赤山湖就頭孟陽二三月綠蔽貢荇藪

湖就赤山磯大姑大湖東仲姑居湖西

姑恩曲　二曲

明姑遵八風蕃謁雲日中前導陸離獸後從朱鳥麟鳳皇

苕苕山頭柏冬夏葉不衰獨當被天恩枝葉華葳蕤

採蓮童曲　二曲

泛舟採菱葉過摘芙蓉花扣楫命童侶齊聲採蓮歌

東湖扶菰童西湖採菱芰不持歌作樂爲持解愁思

明下童曲　二曲

走馬上前阪石子彈馬蹄不惜彈馬蹄但惜馬上兒

陳孔驕赭白陸郎乘班騅徘徊射堂頭望門不欲歸

同生曲　二曲

人生不滿百常抱千歲憂早知人命促秉燭夜行遊隋書五行志曰周宣帝與宮人半夜連臂蹋蹀而歌自知身命促秉燭夜行遊即位二年崩

歲月如流邁行已及素秋蟋蟀鳴空堂感悵令人憂

古樂苑卷第二十四終

古樂苑卷第二十五

西吳　梅鼎祚　補正
東越　呂胤昌　校閲

清商曲辭 西曲歌

西曲歌

古今樂錄曰西曲歌有石城樂烏夜啼莫愁樂估客樂襄陽樂三洲襄陽蹋銅蹄採桑度江陵樂青陽度青驄白馬共戲樂安東平女兒子來羅那呵灘孟珠翳樂夜度娘長松標雙行纏黄督黄纓平西樂攀楊枝尋陽樂白附鳩拔蒲壽陽樂作蠶絲楊叛兒西烏夜飛月節折楊柳枝三十四曲石城樂烏夜啼莫愁樂估客樂襄陽樂三洲襄陽蹋銅蹄採桑度江陵樂青驄白馬共戲樂安東平那呵灘孟珠翳樂壽陽樂並舞曲青陽度女兒子來羅夜黄夜度娘長松標雙

行纏黃督黃纓平西樂攀楊枝尋陽樂白附鳩拔蒲作蠶絲並倚歌孟珠翳樂亦倚歌按西曲歌出於荆郢樊鄧之間而其聲節送和與吴歌亦異故因其方俗而謂之西曲云

石城樂

五曲唐書樂志曰石城樂者宋臧質所作也石城在竟陵質嘗爲竟陵郡於城上眺矚見羣少年歌謠通暢因作此曲古今樂錄曰石城樂舊舞十六人左云古辭

宋臧質

生長石城下開牕對城樓城中諸少年出入見依投

陽春百花生摘插環髻前挽指蹋忘愁相與及盛年

布帆百餘幅環環在江津執手雙淚落何時見歡還

大艑載三千漸水丈五餘水高不得渡與歡合生居

聞歡遠行去相送方山亭風吹黃蘗藩惡聞苦籬聲

烏夜啼

八曲唐書樂志曰烏夜啼者宋臨川王義慶所作也元嘉十七年徙彭城王義康於豫章義慶時爲江州至鎭相見而哭文帝聞而怪之徵還慶大懼伎妾夜聞烏夜啼聲扣齋閤云明日應有赦其年更爲南兖州刺史因此作歌故其和云夜夜望郎來籠牕牕不開今所傳歌辭似非義慶本旨教坊記曰烏夜啼者元嘉二十八年彭城王義康有罪放逐行次潯陽江州刺史衡陽王義季留連歡宴歷旬不去帝聞而怒皆囚之會稽公主姊也嘗與帝宴洽中席起拜帝未達其旨躬止之主流涕曰車子歲暮恐不爲陛下所容車子義康小字也帝指蔣山曰必無此不爾便負初寧陵武帝葬於蔣山故指先帝陵爲誓因封餘酒寄義康旦日曰昨與會稽姊飲樂憶弟故附所飲酒往遂宥之使未達潯陽衡陽家人扣二王所因院曰昨夜烏夜啼官當有赦少頃使至二王得釋故有此曲按史稱臨川王義康爲江州而云衡陽王義季誤古今樂錄烏夜啼舊舞十六人李勉琴説

曰烏夜啼者何晏之女所作也初晏繫獄有二烏止於舍上女曰烏有喜聲父必免遂撰此操與前義同而事異文獻通考云今所傳歌辭似非義慶本旨

歌舞諸少年娉婷無種迹菖蒲花可憐聞名不曾識少年玉臺作年少

長檣鐵鹿子布帆阿那起詫儂安在間一去數千里

辭家遠行去儂歡獨離居此日無啼音裂帛作還書

可憐烏臼鳥彊言知天曙無故三更啼歡子冒闇去

烏生如欲飛飛飛各自去生離無安心夜啼至天曙

籠牕牕不開蕩戶戶不動歡下葳蕤籥交儂那得往

遠望千里煙隱當在歡家欲飛無兩翅當奈獨思何

巴陵三江口蘆荻齊如麻執手與歡別痛切當奈何

同前　梁簡文帝

綠草庭中望明月碧玉堂裏對金鋪鳴弦撥捩發初異挑琴欲吹衆曲殊不疑三足朝含影直言九子夜相呼羞言獨眠枕下流託道單棲城上烏流字疑誤

同前集題云夜聽妓賦得烏夜啼　劉孝綽

鵾弦且輟弄鶴操暫停徽別有啼烏曲東西相背飛倡人怨獨守蕩子殊未歸忽聞生離唱長夜泣羅衣相背一作各自飛殊一作遊

同前二首　周庾信

桂樹懸知遠風竿詎肯低獨憐明月夜孤飛猶未棲虎賁誰見惜御史詎相攜雖言入弦管終是曲中啼

促柱繁弦非子夜歌聲舞態異前谿御史府中何處宿洛陽城頭那得棲彈琴蜀郡卓家女織錦秦川竇氏妻詎不自驚長淚落到頭啼烏恒夜啼

烏棲曲 四首　　梁簡文帝

芙蓉作船絲作綷北斗橫天月將落採蓮渡頭礙黃河郎今欲渡畏風波 礙一作擬

浮雲似帳月如鉤那能夜夜南陌頭宜城醞酒今行熟停鞍繫馬暫棲宿 北堂書抄云宜城九醞酒曰醞酒并引此句郭本作投泊誤

青牛丹轂七香車可憐今夜宿倡家倡家高樹烏欲棲
羅帷翠帳任君低帳一作被任一作向
織成屏風金屈膝朱唇玉面燈前出相看氣息望君憐
誰能含羞不自前

同前四首　元帝

沙棠作船桂爲檝夜渡江南採蓮葉復值西施新浣紗
共向江干眺月華向玉臺作汎眺玉臺作瞻
月華似璧星如佩流影澄明玉堂內邯鄲九枝朝始成
金巵玉椀共君傾
交龍成錦鬬鳳紋芙蓉爲帶石榴裙日下城南兩相望

月沒參橫掩羅帳
七彩隨珠九華玉蛺蝶爲歌明星曲蘭房椒閤夜方開
那知步步香風逐

同前三首前二首郭本作梁元帝今從玉臺　蕭子顯

幄中清酒瑪瑙鍾裙邊襪佩琥珀龍欲持寄君心不惜
共指三星今何夕龍一作紅
濃黛輕紅點花色還欲令人不相識金壺夜水詎能多
莫持奢用比懸河水一作永
芳樹歸飛聚儔匹猶有殘光半山日莫憚褰裳不相求
漢臯遊女習風流風一作飛誤

同前 三首郭本棲烏曲　陳後主

陌頭新花歷亂生葉裏啼烏送春情長安遊俠無數伴

白馬驪珂路中滿 啼一作春

金鞍向暝欲相連玉面俱要來帳前含態眼語懸相解

翠帶羅裙入爲解 相解音蟹

合歡襦薰百和香牀中被織兩鴛鴦烏啼漢沒天應曙

只持懷抱送郎去

同前 二首　徐陵

卓女紅妝期此夜胡姬沽酒誰論價風流荀令好兒郎

偏能傳粉復薰香 妝郭本作粉

繡帳羅帷隱燈燭一夜千年猶不足唯憎無賴汝南雞
天河未落猶爭啼

同前　岑之敬

驄馬直去沒浮雲河渡氷開兩岸分烏藏日暗行人息
空樓隻影長相憶明月二八照花新當壚十五晚留賓

同前 郭云棲烏曲　江摠

桃花春水木蘭橈金羈翠蓋聚河橋隴西上計應行去
城南美人啼著曙

莫愁樂 二曲 唐書樂志曰莫愁樂者出於石城樂石城有女子名莫愁善歌謠石城樂和中復有忘愁聲因有此歌古今樂錄曰莫愁樂亦云蠻樂舊舞十六人梁八人樂府解

題曰古歌亦有莫愁洛陽女與此不同容齋三筆曰莫愁者郢州石城人今郢有莫愁村畫工傳其貌好事者多寫寄四遠唐書樂志云石城女子名莫愁古詞莫愁在何處是也李義山詩如何四紀爲天子不及盧家有莫愁此莫愁者洛陽人梁武帝河中歌河中之水向東流洛陽女兒名莫愁十五嫁爲盧家婦十六生兒似阿侯者是也近世周美成樂府西河一闋專詠金陵所云莫愁艇子曾繫豈非誤指石頭城爲石城乎按今金陵亦有莫愁湖

莫愁在何處莫愁石城西艇子打兩槳催送莫愁來

聞歡下揚州相送楚山頭探手抱腰看江水斷不流

估客樂

古今樂錄曰估客樂者齊武帝之所製也帝布衣時嘗遊樊鄧登祚以後追憶往事而作歌使樂府令劉瑤管弦被之教習卒遂無成有人啓釋寶月善解音律帝使奏

之旬日之中便就諧合敕歌者常重爲感憶之聲猶行於世寶月又上兩曲帝數乘龍舟遊五城江中放觀以紅越布爲帆綠絲爲帆縴鍮石爲篙足篙榜者悉著鬱林布作淡黃袴列開使江中衣出五城殿猶在齊舞十六人梁八人唐書樂志曰梁改其名爲商旅行

齊武帝

昔經樊鄧役阻潮梅根渚感憶追往事意滿辭不敘阻潮一作假檝

同前二首　　釋寶月

郎作十里行儂作九里送拔儂頭上釵與郎資路用

有信數寄書無信心相憶莫作瓶落井一去無消息

同前二首郭本無名氏詩紀亦附寶月

大艑珂峨頭何處發揚州借問艑上郎見儂所歡不

初發揚州時船出平津泊五兩如竹林何處相尋博

同前　陳後主

三江結儔侶萬里不辭遥恒隨鷁首舫屢逐雞鳴潮

賈客詞 集云贈江中賈客姑從郭本　周庾信

五兩開船頭長橋發新浦懸知岸上人遥振江中鼓

襄陽樂 九曲古今樂録曰襄陽樂者宋隨王誕之所作也誕始爲襄陽郡元嘉二十六年仍爲雍州刺史夜聞諸女歌謡因而作之所以歌和中有襄陽來夜樂之語也舊舞十六人梁八人又有大堤曲亦出於此簡文帝雍州十曲有大堤南湖北渚等曲通典曰裴子野宋畧稱晉安侯劉道産爲襄陽太守有善政百姓樂業人戸豐贍蠻夷順服悉緣沔

而居由此歌之號襄陽樂葢非此也左云古辭

宋隨王誕

朝發襄陽城暮至大堤宿大堤諸女兒花豔驚郎目

上水郎檐篙下水搖雙櫓四角龍子幡環環江當柱

江陵三千三西塞陌中央但問相隨否何計道里長

人言襄陽樂樂作非儂處乘星冒風流還儂揚州去

爛漫女蘿草結曲繞長松三春雖同色歲寒非處儂

黃鵠參天飛中道鬱徘徊腹中車輪轉歡今定憐誰

揚州蒲鍜環百錢兩三叢最不能買將還空手攬抱儂鍜一作鍛

女蘿自微薄寄託長松表何惜負霜死貴得相纏繞

惡見多情歡罷儂不相語莫作烏集林忽如提儂去

大堤女　北魏王容

寶髻耀明璫香羅鳴玉佩大堤諸女兒一一皆春態入花花不見穿柳柳陰碎東風拂面來由來亦相愛

雍州曲 三首通典曰雍州襄陽也禹貢荆河州之南境春秋時楚地魏武始置襄陽郡晉兼置境河州宋文帝割荆州置雍州號南雍魏晉巳來常爲重鎮齊梁因之

南湖　梁簡文帝

南湖荇葉浮復有佳期遊銀綸翡翠鉤玉軸芙蓉舟荷香亂衣麝橈聲送急流 送一作隨

北渚

岸陰垂柳葉平江含粉堞好値城傷人多逢蕩舟妾綠水濺長袖浮苔染輕纈

大堤

宜城斷中道行旅極留連出妻工織素妖姬慣數錢炊彫留上客貰酒逐神仙

三洲歌 三曲唐書樂志曰三洲商人歌也古今樂錄曰三洲歌者商客數遊巴陵三江口往還因共作此歌其舊辭云啼將別共來梁天監十一年武帝於樂壽殿道義竟留十大德法師設樂敕人人有問引經奉答次問法雲聞法師善解音律此歌何如法雲奉答天樂絕妙非膚淺所聞愚謂古辭過質未審可改以不敕云如法師語音法雲曰應歡會而有別離啼將別可改爲歡將樂故其歌和云三洲斷江口水從窈窕河傍流歡將樂共

來長枏思舊舞十六人梁八人按楊愼辭品
載法雲三洲歌二首惟愁將別共來與歡將
樂共來差異餘辭並同今據樂錄則本皆舊
曲法雲但承勑改歡將樂共來耳且亦爲三
洲歌和云詩
紀古辭附晉

送歡板橋彎相待三山頭遥見千幅帆知是逐風流
風流不暫停三山隱行舟願作比目魚隨歡千里遊
湘東醽醁酒廣州龍頭鐺玉樽金鏤椀與郎雙杯行

同前　　　　　　　　　　陳後主

春江聊一望細草遍長洲沙汀時起伏畫舸屢淹留

採桑度七曲採桑度一曰採桑唐書樂志曰採
桑因三洲曲而生此聲苑也採桑度梁
時作水經曰河水過屈縣西南爲採桑津春
秋僖公八年晉里克敗狄于採桑是也梁簡

文帝烏棲曲曰採桑渡頭礙黃河郎今欲渡畏風波古今樂錄曰採桑渡舊舞十六人梁八人即非梁時作矣詩紀古辭附晉

蠶生春三月春桑正含綠女兒採春桑歌吹當春曲

冶遊採桑女盡有芳春色姿容應春媚粉黛不加飾

繫條採春桑採葉何紛紛採桑不裝鉤牽壞紫羅裙

語歡稍養蠶一頭養百堰奈當黑瘦盡桑葉常不周

春月採桑時林下與歡俱養蠶不滿百那得羅繡襦

採桑盛陽月綠葉何翩翩攀條上樹表牽壞紫羅裙

僞蠶化作繭爛熳不成絲徒勞無所獲養蠶持底爲

襄陽蹋銅蹄 三曲隋書樂志曰梁武帝之在雍鎮有童謠云襄陽白銅蹄反縛揚

州兒識者言白銅蹄謂金蹄爲馬也白金色也及義師之興實以鐵騎揚州之士皆面縛果如謠言故卽位之後更造新聲帝自爲之詞三曲又令沈約爲三曲以被管弦古今樂錄曰襄陽蹋銅蹄者梁武西下所製也沈約又作其和云襄陽白銅蹄聖德應乾來天監初舞十六人後八人玉臺云襄陽白銅鞮歌

梁武帝

陌頭征人去閨中女下機含情不能言送別沾羅衣

草樹非一香花葉百種色寄語故情人知我心相憶

龍馬紫金鞍翠眊白玉羈照耀雙闕下知是襄陽兒

三曲一曰

同前白銅蹄歌

沈約

分手桃林岍望別峴山頭若欲寄音信漢水向東流望一作送

生長宛水上從事襄陽城一朝遇神武奮翼起先鳴
蹀躞飛塵起左右自生光男兒得富貴何必在歸鄉

江陵樂四曲古今樂錄曰江陵樂舊舞十六人梁八人通典曰江陵古荆州之域春秋時楚之郢地秦置南郡晉爲荆州東晉宋齊以爲重鎮梁元帝都之有紀南城楚渚宮在焉詩紀古辭附晉

不復蹋踶人踶地地欲穿盆隘歡絕斷蹋壞絳羅裙
不復出場戲踶場生青草試作兩三回踶場方就好
陽春二三月相將蹋百草逢人駐步看揚聲皆言好
暫出後園看見花多億子鳥鳥雙雙飛儂歡今何在

青陽度三曲古今樂錄曰青陽度倚歌凡倚歌悉用鈴鼓無弦有吹玉臺作青陽歌載

青荷一首 詩紀古辭附晉

隱機倚不織尋得爛漫絲成匹郎莫斷憶儂經絞時

碧玉擣衣砧七寶金蓮杵高舉徐徐下輕擣只爲汝

青荷蓋綠水芙蓉發紅鮮下有並根藕上有同心蓮發郭作披上有同心蓮一作上生並頭蓮郭作並月蓮

青驄白馬 入曲古今樂錄曰青驄白馬舊舞十六人詩紀古辭附晉

青驄白馬紫絲韁可憐石橋根柏梁

汝忽千里去無常願得到頭還故鄉

繫馬可憐著長松遊戲徘徊五湖中

借問湖中採菱婦蓮子青荷可得否

可憐白馬高纏騣著地躑躅多徘徊
問君可憐六萌車迎取窈窕西曲娘
問君可憐下都去何得見君復西歸
齊唱可憐使人惑晝夜懷歡何時忘

共戲樂 四曲古今樂錄曰共戲樂舊舞十六人梁八人本齊辭

齊世方昌書軌同萬㝢獻樂列國風
時泰民康人物盛腰鼓鈴柈各相競
長袖翩翩若鴻驚纖腰嫋嫋會人情
觀風採樂德化昌聖皇萬壽樂未央

安東平 五曲古今樂錄曰安東平舊舞十六人梁八人詩紀古辭附晉

凄凄烈烈北風爲雪船道不通步道斷絶

吳中細布濶幅長度我有一端與郎作袴

微物雖輕拙手所作餘有三丈與郎別厝

制爲輕巾以奉故人不持作好與郎拭塵

東平劉生復感人情與郎相知當解千齡

女兒子 二曲古今樂錄曰女兒子倚歌也詩紀古辭附晉

巴東三峽猿鳴悲夜鳴三聲淚沾衣

我欲上蜀蜀水難蹋蹀珂頭腰環環

來羅 四曲古今樂錄曰來羅倚歌也詩紀古辭附晉

鬱金黃花標下有同心草草生日巳長人生日就老

君子防未然莫近嫌疑邊瓜田不躡履李下不正冠此即君子行首四句

故人何怨新切少必求多此事何足道聽我歌來羅

白頭不忍死心愁皆敖然遊戲泰始世一日當千年

那呵灘六曲古今樂錄曰那呵灘舊舞十六人梁八人其和云郎去何當還多叙江陵及揚州事那呵蓋灘名也詩紀古辭附晉

我去只如還終不在道邊我若在道邊良信寄書還

沿江引百丈一濡多一艇上水郎檐篙何時至江陵

江陵三千三何足特作遠書疏數知聞莫令信使斷

聞歡下揚州相送江津灣願得篙櫓折交郎到頭還

篙折當更覓櫓折當更安各自是官人那得到頭還

百思纏中心顦顇為所歡與子結終始折約在金蘭

孟珠　一曰丹陽孟珠歌古今樂錄曰孟珠十曲二曲倚歌八曲舊舞十六人梁八人玉臺近代襍曲詩紀古辭附晉

人言孟珠富信實金滿堂龍頭銜九花玉釵明月璫

陽春二三月草與水同色攀條摘香花言是歡氣息

同前

人言春復著我言未渠央暫出後湖看蒲菰如許長

揚州石榴花摘插雙襟中歲歲當憶我莫持豔他儂

陽春二三月草與水同色道逢遊冶郎恨不早相識

望歡四五年實情將懊惱願得無人處囘身與郎抱

陽春二三月正是養蠶時那得不相怨其再闕儂來

將歡期三更合冥歡如何乘馬放蒼鷹飛馳赴郎期

適聞梅作花花落已成子杜鵑繞林啼思從心下起

可憐景陽山苕苕百尺樓上有明天子麟鳳戲中州一作遊

翳樂古今樂錄曰翳樂一曲倚歌二曲舞十六人梁八人詩紀古辭附晋

人生歡愛時少年新得意一旦不相見輒作煩冤思

同前

陽春二三月相將舞翳樂曲曲隨時變持許艷郎目

人言揚州樂揚州信自樂揔角諸少年歌舞自相逐

夜黃 古今樂錄曰夜黃倚歌也詩紀古辭附晉

湖中百種鳥半雌半是雄鴛鴦逐野鴨恐畏不成雙

夜度娘 古今樂錄曰夜度娘倚歌也詩紀古辭附晉

夜來冒霜雪晨去履風波雖得叙微情奈儂身苦何

長松標 古今樂錄曰長松標倚歌也詩紀古辭附晉

落落千丈松晝夜對長風歲暮霜雪時寒苦與誰雙

雙行纏二曲 古今樂錄曰雙行纏倚歌也詩紀古辭附晉

朱絲繫腕繩真如白雪凝非但我言好衆情共所稱

新羅繡行纏足趺如春妍他人不言好獨我知可憐

黃督 二曲古今樂錄曰黃督倚歌也詩紀古辭附晉

喬客他鄉人三春不得歸願看楊柳樹已復藏斑鵻籠車度蹋衍故人求寄載催牛閉後戶無預故人事

西平樂 古今樂錄曰西平樂倚歌也詩紀古辭附晉

我情與歡情二情感蒼天形雖胡越隔神交中夜間

攀楊枝 一曰攀楊[illegible]古今樂錄曰攀楊枝倚歌也樂苑曰攀楊枝梁時作詩紀附晉誤

自從别君來不復著綾羅畫眉不注口施朱當奈何

尋陽樂 古今樂錄曰尋陽樂倚歌也玉臺近代襍曲詩紀古辭附晉

雞亭故儂去九里新儂還送一却迎兩無有暫時閑 儂玉臺並作人

白附鳩 古今樂錄曰白附鳩倚歌亦曰白浮鳩本拂舞曲也按宋彭城王忌檀道濟誅之時人歌云可憐白浮鳩枉殺檀江州唐劉夢得過道濟墓詩云萬里長城壞荒雲野草秋秣陵多士女猶唱白浮鳩則此曲始于此事明矣郭氏樂府並不引及詩紀附爲晉辭或宋以前舊有此曲耶

石頭龍尾彎新亭送君者酤酒不取錢郎能飲幾許

白浮鳩　梁吴均

瑯琊白浮鳩紫翳飄陌頭食飲東莞野栖宿越王樓

拔蒲二曲 古今樂錄曰拔蒲倚歌也詩紀古辭附晉

青蒲銜紫茸長葉復從風與君同舟去拔蒲五湖中

朝發桂蘭渚晝息桑榆下與君同拔蒲竟日不成把

壽陽樂

九曲古今樂錄曰壽陽樂者宋南平穆王爲豫州所作也舊舞十六人梁八人按其歌辭蓋敘傷別望歸之思左云古辭

宋南平王鑠

可憐八公山在壽陽別後莫相忘

東臺百餘尺凌風雲別後不忘君

梁長曲水流明如鏡雙林與郎照

辭家遠行去空爲君明知歲月駛

籠窻取涼風彈素琴一歎復一吟

夜相思望不來人樂我獨愁

長淮何爛漫路悠悠得當樂忘憂

上我長瀨橋望歸路秋風停欲度

銜淚出傷門壽陽去必還當幾載

作蠶絲四曲古今樂錄曰作蠶絲倚歌也玉臺作蠶絲歌載春蠶一首云近代雜曲詩紀古辭附晉

柔桑感陽風阿娜嬰蘭婦垂條付綠葉委體看女手

春蠶不應老晝夜常懷絲何惜微軀盡纏綿自有時

績蠶初成繭相思條女密投身湯水中貴得共成匹

素絲非常質屈折成綺羅敢辭機杼勞但恐花色多

楊叛兒八曲唐書樂志曰楊叛兒本童謠歌也齊隆昌時女巫之子曰楊旻少時隨母入內及長爲何后寵童謠云楊婆兒共戲來所歡語訛遂成楊叛兒古今樂錄曰楊叛兒送聲云叛兒教儂不復相思

截玉作手鉤七寶光平天繡沓織成帶嚴帳信可憐

暫出白門前楊柳可藏烏歡作沈水香儂作博山鑪宋讀曲歌亦載

送郎乘艇子不作遭風慮橫篙擲去槳顛倒逐流去

七寶珠絡鼓教郎拍復拍黃牛細犢兒楊柳映松柏

歡欲見蓮時移湖安屋裏芙蓉繞牀生眠卧抱蓮子

聞歡遠行去送歡至新亭津邏無儂名

落秦中庭生誠知非好草龍頭相鉤連見枝如欲繞

楊叛西隨曲柳花經東陰風流隨遠近飄揚悶儂心

同前　梁武帝

梅花初發紅芳草尚抽綠南音多有會偏重叛兒曲

同前 選詩拾遺作隋越王京洛行郭作隋後主楊叛兒歌 陳後主

青春上陽月結伴戲京華龍媒玉珂馬鳳軫繡香車水映臨橋樹風吹夾路花日昏歡宴罷相將歸狹斜

西烏夜飛 五曲古今樂錄曰西烏夜飛者宋元徽五年荆州刺史沈攸之所作也攸之舉兵發荆州東下未敗之前思歸京師所以歌和云白日落西山還去來送聲云折翅烏飛何處被彈歸左云古辭按此疑非攸之本辭 宋沈攸之

日從東方出團團雞子黃夫婦恩情重憐歡故在傍

暫請半日給徒倚娘店前日作宴填飽腹作宛腦饑

我昨憶歡時攬刀持自刺自刺分應死刀作離樓僻 離一作雜

陽春二三月諸花盡芳盛持底喚歡來花咲鶯歌詠
感郎崎嶇情不復自顧慮臂繩雙入結遂成同心去

月節折楊柳歌 詩紀古辭附晉

正月歌

春風尚蕭條去故來入新苦心非一朝折楊柳愁思滿
腹中歷亂不可數 入一作如

二月歌

翩翩鳥入鄉道逢雙燕飛勞君看三陽折楊柳寄言語
儂歡尋還不復久

三月歌

汎舟臨曲池仰頭看春花杜鵑緯林啼折楊柳雙下俱

徘徊我與歡共取

四月歌

芙蓉始懷蓮何處覓同心俱生世尊前折楊柳捻香散

名花志得長相取

五月歌

菰生四五尺素身爲誰珍盛年將可惜折楊柳作得九

子粽思想勞歡手

六月歌

三伏熱如火籠窻開北牖與郎對榻坐折楊柳銅壚貯

蜜漿不用水洗溴

七月歌

織女遊河邊牽牛顧自歎一會復周年折楊柳攬結長命草同心不相負

八月歌

迎歡裁衣裳日月流如水白露凝庭霜折楊柳夜聞擣衣聲窈窕誰家婦流如一作如流

九月歌

甘菊吐黃花非無杯觴用當奈許寒何折楊柳授歡羅衣裳含笑言不取

十月歌

大樹轉蕭索天陰不作雨嚴霜半夜落折楊柳林中與松柏歲寒不相負

十一月歌

素雪任風流樹木轉枯悴松柏無所憂折楊柳寒衣履薄冰歡詎知儂否

十二月歌

天寒歲欲暮春秋及冬夏苦心停欲度折楊柳沈亂枕席間纏綿不覺久

閏月歌

成閏暑與寒春秋補小月念子無時閑折楊柳陰陽催我去那得有定主無時一作時無

古樂苑卷第二十五終

古樂苑卷第二十六

西吴　梅鼎祚　補正

東越　呂胤昌　校閲

清商曲辭 江南弄 上雲樂

江南弄 七首

古今樂錄曰梁天監十一年冬武帝改西曲製江南上雲樂十四曲江南弄七曲一曰江南弄二曰龍笛曲三曰採蓮曲四曰鳳笛曲五曰採菱曲六曰遊女曲七曰朝雲曲又沈約作四曲一曰趙瑟曲二曰秦箏曲三曰陽春曲四曰朝雲曲亦謂之江南弄云

梁武帝

江南弄 古今樂錄曰江南弄三洲韻和云陽春路娉婷出綺羅

衆花雜色滿上林舒芳耀綠垂輕陰連手躞蹀舞春心舞春心臨歲腴中人望獨踟躕

龍笛曲古今樂錄曰龍笛曲和云江南音一唱直千金馬融長笛賦曰近世雙笛從羌起羌人伐竹未及已龍鳴水中不見已截竹吹之聲相似然則龍笛曲葢因聲如龍鳴而名曲

美人綿眇在雲堂雕金鏤竹眠玉牀婉愛寥亮繞紅梁繞紅梁流月臺駐狂風鬱徘徊紅疑作虹

採蓮曲古今樂錄曰採蓮曲和云採蓮渚窈窕舞佳人此首與採菱曲英華並作吳均郭從玉臺

遊戲五湖採蓮歸發花田葉芳襲衣爲君豔歌世所希

世所希有如玉江南弄採蓮曲

鳳笙曲 古今樂錄曰鳳笙曲和云弦吹席長袖善留客

綠耀尅碧彫琯笙朱脣玉指學鳳鳴流速參差飛且停飛且停在鳳樓弄嬌響間清謳

採菱曲 古今樂錄曰採菱曲和云菱歌女解佩戲江陽

江南稚女珠腕繩金翠搖首紅顔興桂棹容與歌采菱歌采菱心未怡翳羅袖望所思

遊女曲 古今樂錄曰遊女曲和云當年少歌舞承酒笑

氛氳蘭麝體芳滑容色玉耀眉如月珠佩婐姬戲金闕戲金闕遊紫庭舞飛閣歌長生

朝雲曲

古今樂錄曰朝雲曲和云徙倚折耀華宋玉高唐賦序曰楚襄王與宋玉遊雲夢之臺望高唐之觀獨有雲氣變化無窮王問玉曰此何氣也玉曰所謂朝雲也王曰何謂朝雲也玉曰昔者先王嘗遊高唐怠而晝寢夢見一婦人曰妾巫山之女也爲高唐之客聞君遊高唐願薦枕席帝因幸之去而辭曰妾在巫山之陽高丘之阻旦爲朝雲暮爲行雨朝朝幕暮陽臺之下旦朝視之如言故爲立廟號曰朝雲酈道元水經注曰巫山者帝女居焉宋玉謂帝之季女名曰瑤姬未行而亡封于巫山之臺精魂爲草實謂靈芝所謂巫山之女高唐之姬也朝雲曲蓋取於此

張樂陽臺歌上謁如寢如興芳晻曖容光既豔復還没復還没望不來巫山高心徘徊

江南弄三首

玉臺新詠英華樂府並作昭明今從藝文

梁簡文帝

江南曲 和云陽春路時使佳人度

枝中水上春併歸長楊掃地桃花飛清風吹人光照衣
光照衣景將夕擲黃金留上客

龍笛曲 和云江南弄真能下翔鳳

金門玉堂臨水居一嚬一笑千萬餘遊子去還願莫疎
願莫疎意何極雙鴛鴦兩相憶

採蓮曲 和云採蓮歸淥水好沾衣

桂檝蘭橈浮碧水江花玉面兩相似蓮疎藕折香風起
香風起白日低採蓮曲使君迷

江南弄 四首　梁沈約

趙瑟曲 英華作元帝

邯鄲奇弄出文梓縈弦急調切流徵玄鶴徘徊白雲起白雲起鬱披香離復合曲未央

秦箏曲

羅袖飄纚拂雕桐促柱高張散輕宮迎歌度舞遏歸風遏歸風止流月壽萬春歡無歇

陽春曲 劉向新序宋玉對楚威王問曰客有歌於郢中者其始曰下里巴人國中屬而和者數千人其爲陽陵采薇國中屬而和者數百人其爲陽春白雪國中屬而和者數十人而已也引商刻角雜以流徵國中屬而和者不過數人是以其曲彌高其和彌寡然則陽春所從來亦遠矣樂府解題曰陽春傷也

楊柳垂地燕差池緘情忍思落容儀弦傷曲怨心自知心自知人不見動羅裙拂珠殿

朝雲曲

陽臺氤氳多異色巫山高高上無極雲來雲去長不息長不息夢來遊極萬世度千秋

江南弄 雜擬

採蓮曲二首後首本採蓮賦中歌姑從郭本收入 梁簡文帝

晚日照空磯採蓮承晚暉風起湖南度蓮多摘未稀棹動芙蓉落船移白鷺飛荷絲傍繞腕菱角遠牽衣

常聞蕖可愛採擷欲為裙葉滑不留綖心忙無假薰千

春誰與樂唯有妾隨君

同前亦是採蓮賦中歌並非樂府　元帝

碧玉小家女來嫁江南王蓮花亂臉色荷葉雜衣香因持薦君子願襲芙蓉裳

同前　劉孝威

金槳木蘭船戲採江南蓮蓮香隔浦渡荷葉滿江鮮房垂易入手柄曲自臨盤露花時濕釧風莖乍拂鈿

同前　朱超

豔色前後發緩檝去來遲看粧礙荷影洗手畏菱滋摘除蓮上葉拕出藕中絲湖裏人無限何日滿船時

同前　沈君攸

平川映曉霞蓮舟泛浪華衣香隨岸遠荷影向流斜度手牽長柄轉檝避疎花還船不畏滿歸路詎嫌賒曉一作晚

同前二首後首初學記作元帝題云賦得涉江采芙蓉　吳均

錦帶雜花鈿羅衣垂綠川問子今何去出採江南蓮遼西三千里欲寄無因緣願君早旋返及此荷花鮮

江南當夏清桂檝逐流縈初疑京兆劒復似漢冠名荷香帶風遠蓮影向根生葉卷珠難溜花舒紅易傾日暮凫舟滿歸來度錦城夏一作夜檝一作棹

同前　陳後主

相催暗中起粧前日巳光隨宜巧注口薄落點花黃風住疑衫密船小畏裾長波文散動檝菱花拂度舫低荷亂翠影採袖新蓮香歸時會被喚且試入蘭芳

同前　　隋盧思道

曲浦戲妖姬輕盈不自持擎荷愛圓水折藕弄長絲珮動裾風入粧消粉汗滋菱歌惜不唱須待暝歸時

同前　　殷英童

蕩舟無數伴解纜自相催汗粉無庸拭風裙隨意開棹移浮荇亂船進倚荷來藕絲牽作縷蓮葉捧成杯

採菱歌七首　　宋鮑照

[illegible]馳桂浦息棹偃椒潭簫弄澄湘北菱歌清漢南一作弄弦瀟湘北歌菱清漢南

弭榜搴蕙荑停唱紉薰若含傷拾泉花縈念採雲萼

睽闊逢暄新悽怨值妍華秋心殊不那春思亂如麻秋心殊不那一作秋心不可蕩

要豔雙嶼裏望美兩洲間裊裊風出浦沇沇日向山沇沇一作湙溶

煙曀越嶂深箭迅楚江急空抱琴心悲徒望弦開泣心一作中弦開一作近闕

緘歎凌珠淵收慨上金堤春芳行歇落是人方未齊

思今懷近憶望古懷遠識懷古復懷今長懷無終極

採菱曲　　齊陶功曹

朝日映蘭澤乘風入桂嶼棹影已流倡輕舟復容與匆遽佳期移方追明月侶采采詎盈掬還望空延佇

同前　　梁簡文帝

菱花落復含桑女罷新蠶桂棹浮星艇徘徊蓮葉南

同前　　陸罩

參差雜荇枝田田競荷密轉葉任香風舒花影流日戲鳥波中蕩遊魚菱下出不與文王嗜豈將比萍實

同前　　費昶

妾家五湖口采菱五湖側玉面不關粧雙眉本翠色日斜天欲暮風生浪未息宛在水中央空作兩相憶

同前　江淹

秋日心容與涉水望碧蓮紫菱亦可採試以緩愁年參差萬葉下汎漾百流前高彩隘通壑香氛麗廣川歌出櫂女曲舞入江南弦乘黿非逐俗駕鯉乃懷仙衆美信如此無恨在清泉氛一作氣櫂一作趙在一作出

同前二首藝文作江淹　江洪

風生綠葉聚波動紫莖開合花復合實正待佳人來白日和清風輕雲雜高樹忽然當此時採菱復相遇

同前　　徐勉

相攜及嘉月採菱渡北渚微風吹櫂歌日暮相容與采采不能歸望望方延佇儻逢遺佩人預以心相許

陽春歌一作曲　　宋吳邁遠

百里望咸陽知是帝京邑綠樹搖雲光春城起風色佳人愛華景流靡園塘側妍姿豔月映羅衣飄蟬翼宋玉歌陽春巴人長歎息雅鄭不同賞那令君愴惻生平重愛惠私自憐何極

同前　　齊檀約

青春獻初歲白日映彤逕蘭萌猶自短柳葉未能長已

見紅花發復聞綠苔生香乘此試遊衍誰知心獨傷乘一作樂

同前　梁吳均

紫苔初泥水連緜浮且沒若欲歌陽春先歌青樓月

同前　陳顧野王

春草正芳菲重樓啓曙扉銀鞍俠客至柘彈婉童歸池前竹葉滿井上桃花飛薊門寒未歇爲斷流黃機

同前　隋柳䛒

春鳥一囀有千聲春花一叢千種名旅人無語坐簷楹思鄉懷土志難平唯當文共酒暫與興相迎坐一作出

陽春曲　無名氏

茱萸生前逕含桃落小園春心自搖蕩百舌更多言

上雲樂

古今樂錄曰上雲樂七曲梁武帝製以代西曲一曰鳳臺曲二曰桐柏曲三曰方丈曲四曰方諸曲五曰玉龜曲六曰金丹曲七曰金陵曲又有老胡文康辭隋書樂志曰梁三朝第四十四設寺子導安息孔雀鳳皇文鹿胡舞登連上雲樂歌舞伎

梁武帝

鳳臺曲

古今樂錄曰鳳臺曲和云上雲眞樂萬春

鳳臺上兩悠悠雲之際神光朝天極華蓋遏延州羽衣昱耀春吹去復留

桐柏曲

古今樂錄曰桐柏曲和云可憐眞人遊

桐柏眞昇帝賓戲伊谷遊洛濱參差列鳳筦容與起梁

塵望不可至徘徊謝時人

方丈曲

方丈上崚層雲挹八玉御三雲金書發幽會碧簡吐玄門至道虛凝冥然共所遵

方諸曲 古今樂錄曰方諸曲三洲韻和云方諸上可憐歡樂長相思

方諸上上雲人業守仁擬金集瑤池步光禮玉晨霞蓋容長嘯清虛伍列真

玉龜曲 古今樂錄曰玉龜曲和云可憐遊戲來

玉龜山眞長仙九光耀五雲生交帶要分影大華冠晨纓耈如玄羅出入遊太清 耈一作壽

金丹曲 古今樂錄曰金丹曲和云金丹會可憐乘白雲

紫霜耀絳雪飛追以還轉復飛九真道方微千年不傳一傳裔雲衣

金陵曲

勾曲仙長樂遊洞天巡會迹六門揖玉板登金門鳳泉迴肆鷺羽降尋雲鷁鳥羽一流芳芬鬱氛氳

上雲樂 古今樂錄曰周捨作或云范雲　梁周捨

西方老胡厥名文康遨遊六合傲誕三皇西觀濛汜東戲扶桑南泛大蒙之海北至無通之鄉昔與若士爲友共弄彭祖扶牀往年暫到崑崙復値瑶池舉觴周帝迎

以上席王母贈以玉漿故乃壽如南山志若金剛青眼眢眢白髮長長蛾眉臨髭高鼻垂口非直能俳又善飲酒簫管鳴前門徒從後濟濟翼翼各有分部鳳皇是老胡家雞獅子是老胡家狗陛下撥亂反正再朗三光澤與雨施化與風翔覘雲候呂志遊大梁重駟脩路始屆帝鄉伏拜金闕仰瞻玉堂從者小子羅列成行悉知廉節皆識義方歌管愔愔鏗鼓鏘鏘響震鈞天聲若鵷皇前却中規矩進退得宮商舉技無不佳胡舞最所長老胡寄篋中復有奇樂童齊持數萬里願以奉聖皇乃欲次第說老耄多所忘但願明陛下壽千萬歲歡樂未渠

央樂童疑作樂章

簫史曲藝文作張華詩紀云此詩辭格不類晉人　宋鮑照

簫史愛少年嬴女吞童顏火粒願排棄霞霧好登攀龍飛逸天路鳳起出秦關身去長不返簫聲時往還少一作長霞霧好登攀一作霞好忽登攀逸一作竟

同前　齊張融

引響猶天外吟聲似地中戴[redacted]嘹落景龍歎清霄風

同前　陳江摠

弄玉秦家女簫史仙處童來時兔月滿去後鳳樓空密笑開還斂浮聲咽更通相期紅粉色飛向紫煙中滿一作點

方諸曲　陳謝燮

望仙室仰雲光繩河裏扇月傷井公能六著玉女善投壺瓊醴和金液還將天地俱

梁雅歌

古今樂錄曰梁有雅歌五曲三朝樂第十五奏之

梁張率

應王受圖曲

應王受圖荷天葦命樂曰功成禮云治定恩弘庇臣念昭寧性廼眷三才以宣八政愧無則哲臨淵自鏡或戒面從永隆福慶郭茂倩云李白曰梁雅歌有五篇作君道曲按梁無君道曲疑應王受圖曲也

臣道曲

孝義相化禮讓爲風當官無媢嗣民必公謙謙君子謇謇匪躬諒而不許和而不同誠之誠之去驕思沖弘茲大雅是曰至忠

積惡篇

積惡在人猶酖處腹酖成形亾惡積身覆殹章再離溫舒五族責必及嗣財豈潤屋斯川既往逝命不復鏡茲餘殃幸脩多福

積善篇

惟德是輔皇天無親抱獄歸舜捨財去邠豚魚懷信行葦留仁先世有作餘慶方因鳴玉承家錫珪于民連城

非重積善爲珍

宴酒篇

記稱成禮詩詠飽德卜晝有典厭夜不忒彝酒作民樂

飲虧則腐腹遺喪濡首亾國誓彼六馬去茲三惑占言

孔昭以求溫克

古樂苑卷第一

古樂苑卷第二十七

西吳　梅鼎祚　補正
東越　呂胤昌　校閱

舞曲歌辭

通典曰樂之在耳者曰聲在目者曰容聲應乎耳可以聽知容藏於心難以貌觀故聖人假干戚羽旄以表其容發揚蹈厲以見其意聲容選和而後大樂備矣詩序曰詠歌之不足不知手之舞之足之蹈之然樂心內發感物而動不覺手之自運歡之至也此舞之所由起也舞亦謂之萬禮記外傳曰武王以萬人同滅商故謂舞爲萬商頌曰萬舞有奕則殷巳謂之萬矣魯頌曰萬舞洋洋衛詩曰公庭萬舞然則萬亦舞之名也春秋魯隱公五年考仲子之宮將萬焉因問羽數於衆仲衆仲對曰天子用八諸侯六大夫四士二舞所以節八音而行八風故自八而下於是初獻六羽始用六佾也

杜預以爲六六三十六人而沈約非之曰八音克諧然後成樂故必以八人爲列自天子至士降殺以兩兩者減其二列爾預以爲一列又減二人至士止餘四人豈復成樂服虔謂天子八八諸侯六八大夫四八士二八於義爲允也周有六舞一曰帗舞二曰羽舞三曰皇舞四曰旄舞五曰干舞六曰人舞帗舞者析五綵繒若漢靈星舞子所持是也羽舞者析羽也皇舞者雜五綵羽如鳳皇色持之以舞也旄舞者氂牛之尾也干舞者兵舞持盾而舞也人舞者無所執以手袖爲威儀也周官舞師掌教兵舞帥而舞山川之祭祀教帗舞帥而舞社稷之祭祀教羽舞帥而舞四方之祭祀教皇舞帥而舞旱暵之事樂師亦掌教國子小舞自漢以後樂舞寖盛故有雅舞有雜舞雅舞用之郊廟朝饗雜舞用之宴會晉傅玄又有十餘小曲名爲舞曲故南齊書載其辭云獲罪於天北徙朔方墳墓誰掃超若流光疑非宴樂之辭未詳其所用也前世樂飲酒酣必自起舞詩云屢舞仙仙是也故知宴樂必舞但不宜屢爾譏在屢舞不譏舞也漢武帝樂飲長沙定王起舞是也自是已後尤重以舞

相屬所屬者代起舞猶世飲酒以杯相屬也灌夫起舞以屬田蚡晉謝安舞以屬桓嗣是也近世以來此風絶矣

雅舞

雅舞者郊廟朝饗所奏文武二舞是也古之王者樂有先後以揖讓得天下則先奏文舞以征伐得天下則先奏武舞各尚其德也黄帝之雲門堯之大咸舜之大韶禹之大夏文舞也殷之大濩周之大武武舞也周存六代之樂至秦唯餘韶武漢魏巳後咸有改革然其所用文武二舞而巳名雖不同不變其舞故古今樂録曰自周以來唯改其辭示不相襲未有變其舞者也然自雲門而下皆有其名而亾其容獨大武之制存而可考樂記曰樂者象成者也揔干而山立武王之事也發揚蹈厲太公之志也武亂皆坐周召之治也武始而北出再成而滅商三成而南四成而南國是疆五成而分周公左召公右六成復綴以崇天子夾振之而四代盛威於

中國也分夾而進事蚤濟也久立於綴以待諸侯之至也故季札觀樂見舞象箾南籥者曰美哉猶有憾見舞大舞者曰美哉周之盛也其若此乎其後成王以周公爲有勳勞命魯公世世祀周公以天子禮樂升歌清廟下管象武朱干玉戚冕而舞大武皮弁素幘裼而舞大夏以廣魯於天下也自漢已後又有廟舞各用於其廟凡此皆雅舞也

後漢武德舞歌詩

一曰世祖廟登歌宋書樂志曰周存六代之樂至秦唯餘韶武而已始皇二十六年改周大武舞曰五行漢高祖四年造武德舞人悉執干戚以象天下樂已行武以除亂也六年改舜韶舞曰文始以示不相襲也文帝又造四時舞以明天下之安和蓋樂先王之樂者明有法也樂已所自作者明有制也孝景採武德舞作昭德舞薦之太宗之廟孝宣採昭德舞爲盛德舞薦之世宗之廟漢書樂志曰高廟奏武德文始五行之舞孝文廟奏昭德

文始四時五行之舞孝武廟奏盛德文始四
時五行之舞諸帝廟皆常奏文始四時五行
舞大抵皆因秦舊事焉東觀漢記曰明帝永
平三年八月公卿奏世祖廟舞名東平王蒼
議以爲漢制宗廟各奏其樂不皆相襲以明
功德光武皇帝撥亂中興武功盛大廟樂舞
宜曰大武之舞其文始五行之舞如故勿進
武德舞詔曰如驃騎將軍議進武德之舞如
故

武德舞歌詩　東平王蒼

於穆世廟肅雍顯清俊乂翼翼秉文之成越序上帝駿
奔來寧建立三雍封禪泰山章明圖讖放唐之文休矣
惟德罔射協同本支百世永保厥功

晉正德大豫舞歌

宋書樂志曰晉武帝泰始九年荀勗典知樂事使郭瓊宋識等造正德大豫之舞而勗及傅玄張華又各造舞歌咸寧元年詔定祖宗之號而廟樂同用正德大豫舞初魏明帝景初元年造武始咸熙二舞祀郊廟武始舞者平冕黑介幘玄衣裳白領袖絳領袖中衣絳合幅袴絳緣黑韋鞮咸熙舞者冠委貌其餘服如前奏於朝廷則武始舞者武冠赤介幘生絳袍單衣絳領袖皂領袖中衣虎文畫合幅袴白布絳黑韋鞮咸熙舞者進賢冠黑介幘生黃袍單衣白合幅袴其餘服如前晉相承用之

正德舞歌　傅玄 下同

天命有晉光濟萬國穆穆聖皇文武惟則在天斯正在地成德載韜政刑載崇禮教我敷玄化臻於中道

大豫舞歌

於鑠皇晉配天受命熙帝之光世德惟聖嘉樂大豫保
佑萬姓淵兮不竭沖而用之先天弗違虔奉天時

正德舞歌　荀勗下同

人文垂則盛德有容聲以依詠舞以象功干戚發揮節
以笙鏞羽籥雲會翊宣令蹤敷美盡善允協時邕煥炳
其章光乎萬邦萬邦洋洋承我晉道配天作享元命有
造上化如風民應如草穆穆斌斌形于綴兆文武旁作
慶流四表無競維烈永世是紹

大豫舞歌

豫順以動大哉惟時時邁其仁世載邕熙兆我區夏宣

文是基大業惟新我皇隆之重光累曜欽明文思迄用有成惟晉之祺穆穆聖皇受命既固品物咸寧芳烈雲布文教旁通篤以淳素玄化洽暢被之暇豫作樂崇德同美韶濩濬邈幽遐式遵王度傳荀辭載宋書

正德舞歌晉書樂志曰泰始九年光祿大夫荀勗以杜夔所制律呂校太樂總章鼓吹八音與律呂乖錯乃制古尺作新律呂以調聲韻律成遂班下太常使太樂總章鼓吹清商施用勗遂典知樂事啓朝士解音律者共掌之使郭夏宋識等造正德大豫二舞其樂章亦張華之所作云　張華下同

曰皇上天玄鑒惟光神器周回五德代章祚命于晉世有哲王弘濟區夏陶甄萬方大明垂耀旁燭無疆蚩蚩

庶類風德永康皇道惟清禮樂斯經金石在縣萬舞在庭象容表慶協律被聲軼武超濩取節六韺同進退讓化漸無形大和宣洽通于幽冥

大豫舞歌

惟天之命符運有歸赫赫大晉三后重暉繼明紹世光撫九圍我皇紹期遂在璿璣羣生屬命奄有庶邦愼徽五典玄教遐通萬方同軌率土咸雍爰制大豫宣德舞功醇化既穆王道協隆仁及草木惠加昆蟲億兆夷人悅仰皇風丕顯大業永世彌崇

宋前後舞歌

宋書樂志曰武帝永初元年改晉正德舞曰前舞大豫舞曰後舞並擬賓廟作孝武孝建二年九月建平王宏議以爲祖有功而宗有德故漢高祖廟樂稱武德太宗廟樂曰昭德魏制武始舞武廟制咸熙舞文廟則祖宗之廟別有樂名晉氏之樂正德大豫及宋不更名直爲前後二舞依據昔代議舛事乖宜釐改權稱以凱容爲韶舞宣烈爲武舞祖宗廟樂揔以德爲名若廟非不毀則樂舞別稱猶漢高文武咸有嘉號惠景二主樂無餘名章皇太后廟唯奏文樂明婦人無武事也郊祀之樂無復別名仍同宗廟而已詔如宏議古今樂錄曰宋孝武改前舞爲凱容之舞後舞爲宣烈之舞

前舞歌　王韶之　下同

於赫景明天監是臨樂來伊陽禮作惟陰歌自德富儛由功深庭列宮縣陛羅瑟琴翻籥繁會笙磬諧音簫韶

雖古九成在今道志和聲德音孔宣光我帝基協靈配乾儀行六合化穆自然如彼雲漢爲章于天熈熈萬類陶和當年摯轅中韶永世弗騫

後舞歌

假樂聖后寔天誕德積美自中王猷四塞龍飛在天儀刑萬國欽明惟神臨朝淵默不言之化品物咸德告成于天銘勳是勸翼翼厥猷娓娓其仁順命剏制因定和神海外有截九圍無塵冕旒司契垂拱臨民乃舞大豫欽若天人純嘏孔休萬載彌新娓娓一作亹亹

齊前後舞歌

前舞階步歌 隋書樂志曰近代舞出入皆作樂謂之階步咸用肆夏至梁去之隋復用焉即周官所謂樂出入奏鐘鼓也古今樂錄曰何承天云今舞出樂謂之階步蕤賓廂作尋儀禮宴飲射三樂皆云席工於西階上大師升自西階北面東上相者坐受瑟乃降笙入立于縣中北面乃合樂工歌鹿鳴四牡周南今直謂之階步而承天又以爲出樂俱失之矣

齊辭

天挺聖哲三方維綱川嶽伊寧七耀重光茂育萬物衆庶咸康道用潛通仁施遐揚德厚巛極功高昊蒼舞象盛容德以歌章八音既節龍躍鳳翔皇基永樹二儀等長

前舞凱容歌 南齊書樂志曰宋前後舞歌二章齊微改革多仍舊辭宣烈舞

執干戚用魏武始舞冠服凱容舞執羽籥用魏咸熈舞冠服宋以凱容繼韶爲文舞據韶爲言宣烈即是古之大武今世諺呼爲武王伐紂齊初仍舊不改宋舞名其舞人冠服亦相承用之古今樂錄曰宋孝武改前舞爲凱容之舞後舞爲宣烈之舞何承天三代樂序云晉正德大豫舞蓋出於漢昭容禮容樂然則其聲節有古之遺音焉晉使郭瓊宋識等造正德大豫舞初不言因革昭業等兩舞承天空謂二容竟自無據按正德大豫二舞即出宣武宣文魏大武三舞也宣武魏昭武舞也宣文魏武始舞也魏改巴渝爲昭武五行曰大武今凱容舞執籥秉翟即魏武始舞也宣烈舞有矛弩有干戚矛弩漢巴渝舞也干戚周武舞也宋世止革其辭與名不變其舞舞相傳習至今不改瓊識所造正是雜用二舞以爲大豫爾夷蠻之樂雖陳宗廟不應雜以周舞也

宋辭

於赫景命天鑒是臨樂來伊陽禮作惟陰歌自德富舞由功深庭列宮縣陛羅瑟琴翿籥繁會笙磬諧音簫韶雖古九奏在今導志和聲德音孔宣光我帝基協靈配乾儀刑六合化穆自宣如彼雲漢爲章于天熙熙萬類陶和當年擊轅中韶永世弗騫

後舞階步歌　　齊辭

皇皇我后紹業盛明滌拂除穢宇宙載清允執中和以涖蒼生玄化遠被兆世軌形何以崇德乃作九成妍步恂恂雅曲芬馨八風清鼓應以祥禎澤浩天下功齊百靈

後舞凱容歌　宋辭

假樂聖后寔天誕德積美自中王猷四塞龍飛在天儀刑萬國欽明惟神臨朝淵默不言之化品物咸得告成于天銘勳是勒翼翼厥猷亹亹其仁從命創制因定和神海外有截九國無塵冕旒司契垂拱臨民乃舞凱容欽若天人純嘏孔休萬載彌新

梁大壯大觀舞歌二首

隋書樂志曰梁初猶用凱容宣烈之舞武帝定樂以武舞爲大壯舞文舞爲大觀舞又曰大壯舞奏夷則大觀舞奏姑洗取其月王也三郊明堂太廟三朝同用古今樂錄曰梁改宣烈爲大壯即周武舞也改凱容爲大觀即舜韶舞也陳以凱容樂舞用之郊廟而大壯

大觀猶同梁舞所謂祠用宋曲宴準梁樂蓋取人神不雜也 沈約

大壯舞歌

隋書樂志曰大壯舞取易象云大壯大者壯也正大而天地之情可見也古今樂錄曰大壯大觀二舞以大爲名老子云域中有四大論語云惟天爲大今制大壯大觀之名亦因斯而立義焉

高高在上實愛斯人眷求聖德大拯彝倫率土方燎如火在薪慄慄黔首暮不及晨朱光啓耀兆發穹旻我皇鬱起龍躍漢津言屆牧野電激雷震闕鞏之甲彭濮之人或貔或虎漂杵浮輪我邦雖舊其命惟新六伐乃止七德必陳君臨萬國遂撫八寅 一曲四言 虎隋書作武

大觀舞歌

隋書樂志曰大觀舞取易象曰大觀在上觀天之神道而四時不忒

也

皇矣帝烈大哉興聖奄有四方受天明命居上不怠臨下惟敬舉無愆則動無失正物從其本人遂其性昭播九功肅齊八柄寬以惠下德以爲政三趾晨儀重輪夕映棧壑忘阻梯山匪夐如日有恒與天無竟載陳金石式流舞詠咸英韶夏於茲比盛 一曲四言

北齊文武舞歌

陸卬等製

隋書樂志曰北齊元會大饗奏文武二舞將作並先設階步焉馮惟納云文武樂章詩彙云祖珽作按隋書樂志祖珽上書論樂於文宣之時至武成時始定四郊宗廟三朝之樂而不著作歌之人則非珽作明矣今考北史陸卬等製

文舞階步辭

我后降德肇峻皇基搖鈴大號振鐸命期雲行雨洽天臨地持茫茫區宇萬代一時文來武肅成定於茲象容則舞歌德言詩鏘鏘金石列列匏絲鳳儀龍至樂我雍熙

文舞辭

皇天有命歸我大齊受茲華玉爰錫玄珪奄家環海實子蒸黎圖開寶匣檢封芝泥無思不順自東徂西教南暨朔罔敢或攜比日之明如天之大神化之洽率土無外眇眇舟車華戎畢會祠我春秋服我冠帶儀協震象

樂均天籟蹈武在庭其容譪譪

武舞階步辭

大齊統曆天鑒孔昭金人降汎火鳳來巢聆均虞德干戚降苗夙沙攻主歸我軒朝禮符揖讓樂契咸韶蹈揚惟序律度時調

武舞辭

天眷橫流宅心玄聖祖功宗德重光襲映我皇恭已誕膺靈命宇外斯燭域中咸鏡悠悠率土時惟保定微微動植莫違其性仁豐庶物施洽羣生海寧洛變契此休明雅宣茂烈頌紀英聲鏗鍠鐘鼓掩抑簫笙歌之不足

舞以禮成鑠矣王度綿邁千齡

隋文武舞歌

隋書樂志曰隋有文舞武舞舞各六十四人文舞黑介幘冠進賢冠絳紗連裳內單皁褾領襈裾革帶烏皮履左手執籥右手執翟武舞服武弁朱褠衣餘同文舞左執朱干右執大戚其舞六成始而受命再成而定山東三成而平蜀道四成而北狄是通五成而江南是拓六成復綴以闡太平

文舞歌

天聽有屬后德惟明君臨萬寓昭事百靈濯以江漢樹之風聲馨地畢歸窮天皆至六戎仰朔八蠻請吏煙雲獻彩龜龍表異緝和禮樂燮理陰陽功由舞見德以歌

彰兩儀同大日月齊光畢一作必 仰一作行

武舞歌

惟皇御寓惟帝乘乾五材並用七德兼宣平暴夷險拯溺救燔九域載安兆庶斯賴續地之厚補天之大聲隆有截化覃無外鼓鐘既奮干戚攸陳功高德重政謐化淳鴻休永播久而彌新

古樂苑卷第二十七終

古樂苑卷第二十八

西吳　梅鼎祚　補正
東越　呂胤昌　校閱

舞曲歌辭　雜舞

雜舞

雜舞者公莫巴渝槃舞鞞舞鐸舞拂舞白紵之類是也始皆出自方俗後寖陳於殿庭葢自周有縵樂散樂秦漢因之增廣宴會所奏率非雅舞漢魏已後並以鞞鐸巾拂四舞用之宴饗宋武帝大明中亦以鞞拂雜舞合之鍾石施於廟庭朝會用樂則兼奏之明帝時又有西傖羌胡雜舞後魏北齊亦皆參以胡戎伎自此諸舞彌盛矣隋牛弘亦請存四舞宴會則與雜伎同設於西涼前奏之而去其所持鞞拂等按此雖非正樂亦皆前代舊聲故成公綏賦云鞞鐸舞庭

八音並陳梁武帝報沈約云
鞞鐸巾拂古之遺風是也

魏俞兒舞歌　王粲

晉書樂志曰巴渝舞漢高帝所作也高帝自蜀漢將定三秦閬中范因率賓人從帝爲前鋒號板楯蠻勇而善鬭及定秦中封因爲閬中侯復賓人七姓其俗喜歌舞高帝樂其猛鋭數觀其舞曰武王伐紂歌也後使樂人習之閬中有渝水因其所居故曰巴渝舞舞曲有矛渝弩渝安臺行辭本歌曲四篇其辭既古莫能曉其句度左思蜀都賦云奮之則賨旅玩之則渝舞也顏師古曰巴巴人也俞俞人也高祖初爲漢王得巴俞人並趫捷與之滅楚因存其武樂巴俞之樂自此始也巴即今之巴州渝即今之渝州名各本其地宋書樂志曰魏俞兒舞歌四篇魏國初建所用使王粲改創其辭粲爲矛渝弩渝安臺行辭新福歌曲行辭以述魏德後於太祖廟並作之黃初二年改曰昭武舞及晉又改曰宣武舞唐

書樂志曰俞美也魏晉改其名梁
復號巴渝隋文帝以非正典罷之

漢初建國家匡九州蠻荆震服五刃三革休安不忘備武樂脩宴我賓師敬用御天永樂無憂子孫受百福常與松喬遊烝庶德莫不咸歡柔

右矛俞新福歌

材官選士劒弩錯陳應桴蹈節俯仰若神綏我武烈篤我淳仁自東自西莫不來賓

右弩俞新福歌

我功既定庶士咸綏樂陳我廣庭式宴賓與師昭文德宣武威平九有撫民黎荷天寵延壽尸千載莫我違我功

一作武功

右安臺新福歌

神武用師士素厲仁恩廣覆猛節横逝自古立功莫我弘大桓桓征四國爰及海裔漢國保長慶垂祚延萬世

右行辭新福歌

晉宣武舞歌

傅玄

晉書樂志曰魏黄初三年改漢巴渝舞曰昭武舞景初元年又作武始咸熙章斌三舞皆執羽籥及晉改昭武舞曰宣武舞羽籥舞曰宣文舞咸寧元年詔廟樂停宣武宣文二舞而同用正德大豫舞云

惟聖皇篇　矛俞第一

惟聖皇德巍巍光四海禮樂猶形影文武爲表裏乃作巴渝肆舞士劍弩齊列戈矛爲之始進退疾鷹鷂龍戰而豹起如亂不可亂動作順其理離合有統紀

短兵篇　劍俞第二

劍爲短兵其勢險危疾踰飛電回旋應規武節齊聲或合或離電發星騖若景若差兵法攸象軍容是儀

軍鎮篇　弩俞第三

弩爲遠兵軍之鎮其發有機體難動往必速重而不遲銳精分鏄射遠中微弩俞之樂一何奇變多姿退若激進若飛五聲協八音諧宣武象讚天威

窮武篇　安臺行亂第四

窮武者喪何但敗北柔弱亡戰國家亦廢秦始徐偃既已作戒前世先王鑒其機脩文整武藝文武足相濟然後德光大亂曰高則亢滿則盈亢必危盈必傾去危傾守以平沖則久濁能清混文武順天經

晉宣文舞歌　傅玄

羽籥舞歌

羲皇之初天地開元罔罟禽獸羣黎以安神農教耕創業誠難民得粒食澹然無所患黃帝始征伐萬品造其端軍駕無常居是曰軒轅軒轅既勤止堯舜匪荒寧夏

禹治水湯武又用兵孰能保安逸坐致太平聖皇邁乾
乾天下興頌聲穆穆且明明惟聖皇道化彰徵四海清
三光萬幾理庶事康潛龍升儀鳳翔風雨時物繁昌却
走馬降瑞祥揚側陋簡忠良百祿是荷眉壽無疆

羽鐸舞歌

昔在渾成時兩儀尚未分陽升垂清景陰降興浮雲中
和合氣氳萬物各異羣人倫得其序衆生樂聖君三統
繼五行然後有質文皇王殊運代治亂亦繽紛伊大晉
德兼往古越犧農邈舜禹參天地陵三五禮唐周樂韶
武豈惟簫韶六代具舉澤霑地境化充天寓聖明臨朝

仁廿四頁六十七

元凱作輔普天同樂胥浩浩元氣遐哉太清五行流邁日月代征隨時變化庶物乃成聖皇繼天光濟羣生化之以道萬國咸寧受茲介福延于億齡

鞞舞歌

宋書樂志曰鞞舞未詳所起然漢代已施於燕享矣傅毅張衡所賦皆其事也魏曹植改作新歌五篇晉鞞舞歌亦五篇並陳於元會鞞舞故二八桓玄將即真大樂遣衆伎袁明子啓增滿八佾相承不復革宋明帝自改舞曲歌辭并詔近臣虞龢並作古今樂錄曰鞞舞梁謂之鞞扇舞即巴渝是也鞞扇器名也鞞扇上舞作巴渝弄至鞞舞竟豈非巴渝一舞二名何異公莫亦名巾舞也漢曲五篇一曰關東有賢女二曰章和二年中三曰樂久長四曰四方皇五曰殿前生桂樹並章帝造魏曲五篇一明明魏皇帝二大和有聖帝三魏歷長四天生烝民五爲君既

不易並明帝造以代漢曲其辭並亾陳思王又有五篇一聖皇篇以當章和二年中二靈芝篇以當殿前生桂樹三大魏篇以當漢吉昌四精微篇以當關中有賢女五孟冬篇以當獲兎按漢曲無漢吉昌獲兎二篇疑樂久長四方皇是也隋書樂志曰鞞舞漢巴渝舞也按樂錄隋志並以鞞舞爲巴渝今考漢魏二篇歌辭各異本不相亂葢因梁陳之世於鞞舞前作巴渝弄遂云一舞二名殊不知二舞亦容合作猶巾舞以白紵送豈得便謂白紵爲巾舞邪失之遠矣

魏鼙舞歌

序曰漢靈帝西園鼓吹有李堅者能鞞舞遭亂西隨段熲先帝聞其舊有技召之堅旣中廢兼古曲多謬誤故改作新歌五篇

陳思王植

聖皇篇

聖皇應曆數正康帝道休九州咸賓服威德洞八幽三

公奏諸公不得久淹留蕃位任至重舊章咸率由侍臣
省文奏陛下體仁慈沈吟有愛戀不忍聽可之迫有官
典憲不得顧恩私諸王當就國璽綬何纍纍便時舍外
殿宫省寂無人主上增顧念皇母懷苦辛何以爲贈賜
傾府竭寶珍文錢百億萬采帛若煙雲乘輿服御物錦
羅與金銀龍旂垂九旒羽蓋參班輪諸王自計念無功
荷厚德思一効筋力糜軀以報國鴻臚擁節衛副使隨
經營貴戚並出送夾道交輜軿車服齊整設韡曄耀天
精武騎衛前後鼓吹簫笳聲祖道魏東門淚下霑冠纓
扳蓋因内顧俛仰慕同生行行將日暮何時還闕庭車

輸爲爽徊四馬躊躇鳴路人尚酸鼻何況骨肉情纍一作累

靈芝篇

靈芝生王地朱草被洛濱榮華相晃耀光釆曄若神古時有虞舜父母頑且嚚盡孝於田壠烝烝不違仁伯瑜年七十綵衣以娛親慈母笞不痛歔欷涕霑巾丁蘭少失母自傷早孤煢刻木當嚴親朝夕致三牲暴子見陵侮犯罪以亡形丈人爲泣血免戾全其名董永遭家貧父老財無遺舉假以供養傭作致甘肥責家塡門至不知何用歸天靈感至德神女爲秉機歲月不安居嗚呼我皇考生我旣已晚棄我何其早蓼莪誰所興念之令

人老退詠南風詩灑淚滿禕抱亂曰聖皇君四海德教朝夕宣萬國咸禮讓百姓家肅虔庠序不失儀孝悌處中田戶有曾閔子比屋皆仁賢髫齔無夭齒黃髮盡其年陛下三萬歲慈母亦復然

大魏篇

大魏應靈符天祿方甫始聖德致泰和神明爲驅使左右宜供養中殿宜皇子陛下長壽考羣臣拜賀咸悅喜積善有餘慶寵祿固天常衆喜填門至臣子蒙福祥無患及陽遂輔翼我聖皇衆吉咸集會凶邪姦惡並滅亡黃鵠遊殿前神鼎周西阿玉馬充乘輿芝蓋樹九華白

虎戲西除舍利從辟邪騏驎蹋足舞鳳皇拊翼歌豐年大置酒玉樽列廣庭樂飲過三爵朱顏暴巳形式宴不違禮君臣歌鹿鳴樂人舞鼙鼓百官雷抃讚若驚儲禮如江海積善若陵山皇嗣繁且熾孫子列曾玄羣臣咸稱萬歲陛下長壽樂年御酒停未飲賓咸跪東廂侍人承顏色奉進金玉觴此酒亦眞酒福祿當聖皇陛下臨軒咲左右咸歡康杯來一何遲羣僚以次行賞賜累千億百官並富昌（寵宋書作榮）

精微篇

精微爛金石至心動神明杞妻哭死夫梁山爲之傾子

丹西質秦烏白馬角生鄒衍囚燕市繁霜爲夏零關東有賢女自字蘇來卿壯年報父讎身沒垂功名女休逢赦書白刃幾在頸俱上列仙籍去死獨就生太倉令有罪遠徵當就拘自悲居無男禍至無與俱緹縈痛父言荷擔西上書盤桓北闕下泣淚何漣如乞得幷姊弟沒身贖父軀漢文感其義肉刑法用除其父得以免辯義在列圖多男亦何爲一女足成居簡子南渡河津吏廢舟船執法將加刑女娟擁櫂前妾父聞君來將涉不測淵畏懼風波起禱祝祭名川備禮饗神祇爲君求福先不勝釂祀誠至令犯罰艱君必欲加誅乞使知罪愆妾

願以身代至誠感蒼天國君高其義其父用赦原河激
奏中流簡子知其賢歸聘爲夫人榮寵超後先辯女解
父命何況健少年黃初發和氣明堂德教施治道致太
平禮樂風俗移刑錯民無枉怨女復何爲聖皇長壽考
景福常來儀

孟冬篇

孟冬十月陰氣厲清武官誠田講旅統兵元龜襲吉元
光著明蚩尤蹕路風弭雨停乘輿啓行鸞鳴幽軋虎賁
采騎飛象珥鶡鐘鼓鏗鏘簫管嘈喝萬騎齊鑣千乘等
蓋夷山塡谷平林滌藪張羅萬里盡其飛走趯趯狡兔

揚白跳翰獵以青骹掩以脩竿韓盧宋鵲呈才騁足噬不盡緤牽麋掎鹿魏氏發機養基撫弦都盧尋高搜索猴猨慶忌孟賁蹈谷超巒張目決背髮怒穿冠頓熊扼虎蹴豹搏貙氣有餘勢負象而趨獲車既盈日側樂終罷役解徒大饗離宮亂曰聖皇臨飛軒論功校獵徒死禽積如京流血成溝渠明詔大勞賜大官供有無走馬行酒醴驅車布肉魚鳴鼓舉觴爵擊鍾醻無餘絶綱縱麟麑弛罩出鳳雛收功在羽校威靈震鬼區陛下長懽樂永世合天符擊鍾醻無餘宋書作鍾擊位無餘綱一作綱

晉鞞舞歌

古今樂錄曰晉鼙舞歌五篇一曰洪業篇當魏曲明明魏皇帝古曲關東有賢女二曰天命篇當魏曲大和有聖帝古曲章和二年中三曰景皇篇當魏曲魏曆長古曲樂久長四曰大晉篇當魏曲天生烝民古曲四方皇五曰明君篇當魏曲爲君既不易古曲殿前生桂樹按曹植怨歌行云爲君既不易爲臣良獨難不知與此同否

洪業篇

詩紀云晉宋書樂志載此五詩俱不言是傅玄樂府作玄詩或别有考

傅玄

宣文刱洪業盛德在泰始聖皇應靈符受命君四海萬國何所樂上有明天子唐堯禪帝位虞舜惟恭已恭已正南面道化與時移大赦盪萌漸文教被黃支象天則地體無爲聰明配日月神聖參兩儀雖有三凶類靜言

無所施象天則地體無爲稷契並佐命伊呂升王臣蘭芷登朝肆下無失宿民聲發響自應表立景來附虒虎從羈制潛龍升天路備物立成器變通極其數百事以時叙萬機有常度訓之以克讓納之以忠恕羣下仰清風海外同懽慕象天則地化雲布昔日賛雕飾今尚儉與素昔日多纖介今去情與故象天則地化雲布濟濟大朝士夙夜綜萬機萬機無廢理明明降疇諮臣譬列星景君配朝日煇事業並通濟功烈何巍巍五帝繼三皇三皇世所歸聖德應期運天地不能違仰之彌已高猶天不可階將復御龍氏鳳皇在庭棲民晉書作人虎作闕疇作訓

天命篇

聖祖受天命應期輔魏皇入則綜萬機出則征四方朝廷無遺理方表寧且康道隆舜臣堯積德踰大王孟度阻窮險造亂天一隅神兵出不意奉命致天誅赦善戮有罪元惡宗爲虛威風震勁蜀武烈懾彊吳諸葛不知命肆逆亂天常擁徒十餘萬數來寇邊疆我皇邁神武秉鉞鎮雍涼亮乃畏天威未戰先仆僵盈虛自然運時變固多難東征陵海表萬里梟賊淵受遺齊七政曹爽又滔天羣凶受誅殛百祿咸來臻黃華應福始王淩爲禍先難晉作艱秉作執賊淵作朝鮮淩作淩

景皇篇

景皇帝聰明命世生盛德參天地帝王道大創基旣已
難繼世亦未易外則夏侯玄內則張與李三竟稱逆亂
帝紀順天行誅窮其姦宄遏將御其漸潛謀不得起罪
人咸伏辜威風振萬里平衡綜萬機萬機無不理召陵
恒不君內外何紛紛衆小便成羣蒙昧恣心治亂不分
敵聖獨斷濟武常以文從天惟廢立掃霓披浮雲雲霓
旣已闢清和未幾閒羽檄首尾至變起東南藩儉欽為
長蛇外則憑吳蠻萬國紛騷擾戚戚天下懼不安神武
御六軍我皇秉鉞征儉欽起壽春前鋒據項城出其不

意並縱奇兵奇兵誠難御廟勝實難支兩軍不期遇敵退計無施虎騎惟武進大戰沙陽陂欽乃亾魂走奔虜若雲披天恩赦有罪東土放鯨鯢外則晉書作外有稱書作構順作從邊作遇虎作豹恩作因放作效

大晉篇

赫赫大晉於穆文皇蕩蕩巍巍道邁陶唐世稱三皇五帝及今重其光九德克明文既顯武又章恩弘六合兼濟萬方內舉元凱朝政以綱外簡虎臣時惟鷹揚靡順不懷逆命斯亾仁配春日威踰秋霜濟濟多士同茲蘭芳唐虞至治四凶滔天致討儉欽囹不肅虔化感海外

海外來賓獻其聲樂並稱妾臣西蜀猾夏僭號方域命將致討委國稽服吳人放命憑海阻江飛書告諭響應來同先王建萬國九服爲蕃衛亾秦壞諸侯享祚不二世歷代不能復忽踰五百歲我皇邁聖德應期創典制分土五等蕃國正封界莘莘文武佐千秋遘嘉會洪業溢區內仁風翔海外虎晉書作武化化感海外作化感海內享作序業作澤

明君篇

明君御四海聽鑒盡物情顧望有譴罰竭忠身必榮蘭萑出荒野萬里升紫庭茨草穢堂階掃截不得生能否莫相蒙百官正其名恭己慎有爲有爲無不成闇君不

自信羣下執異端正直罹譖潤姦臣奪其權雖欲盡忠誠結舌不敢言結舌亦何憚盡忠爲身患清流豈不潔飛塵濁其源岐路令人迷未遠勝不還忠臣立君朝正色不顧身邪正不並存譬若胡與秦秦胡有合時邪正各異津忠臣遇明君乾乾惟日新羣目統在綱衆星拱北辰設令遭闇主斥退爲凡民雖薄共時用白茅猶可珍氷霜晝夜結蘭桂摧爲薪邪臣多端變用心何委曲便僻從情指動隨君所欲偷安樂目前不問清與濁積僞罔時主養交以持祿言行恒相違難曆甚谿谷昧死射乾沒覺露則滅族罹譖潤晉書作羅浸潤秦胡作胡秦可珍作爲珍從作順

齊鞞舞曲

明君辭 南齊書樂志曰漢章帝造鞞舞歌云關東有賢女魏明帝代漢曲云明明魏皇帝傳玄代魏曲作晉洪業篇云宣文創洪業盛德存泰始聖皇應靈符受命君四海今前四句錯綜其辭從五帝至不可階六句全玄辭後二句本云將復御龍氏鳳皇在庭棲又改易焉

明君創洪業盛德在建元受命君四海聖皇應靈乾五帝繼三皇三皇世所歸聖德應期運天地不能違仰之彌已高猶天不可階將復結繩化靜拱天下齊

聖主曲辭 錯綜傳辭

聖主受天命應期則虞唐升旒綜萬機端扆馭八方盈

虛自然數揖讓歸聖明北化陵河塞南威越滄溟廣德齊七政敷教騰三辰萬寓必承慶百福咸來臻聖皇應福始昌德洞祐先

明君辭 首四句亦綜傳辭

明君御四海摠鑒盡人靈仰成恩已洽竭忠身必榮聖澤洞三靈德教被八鄉草木變柯葉川嶽洞嘉祥愉樂盛明運舞蹈升太時徵霜永昌命軌心長歡怡

梁鞞舞歌 沈約

隋書樂志曰梁三朝樂第十七設鞞舞唐書樂志曰明君本漢世鞞舞曲梁武帝時改其辭以歌君德

大梁七百始天監三元初聖功澄宇縣帝德揔車書熈
熈億兆臣其志皆懽愉
刑措甫自今隆平亦肇兹神武超楚漢安用道邠岐百
拜奄來宅執玉咸在斯象天則地體無爲
禮緝民用擾樂諧風自移舜琴中已絶堯衣今復垂象
天則地體無爲
治兵戰六獸爲邦命九官靈蛇及瑞羽分素復銜丹望
就踰軒頊鏗鏘掩咸護九尾擾成羣八象鳴相顧象天
則地化雲布
有爲臣所執司契君之道運行乃四時無言信蒼昊宸

居體沖寂忘懷定天保

至德同自然裁成侔玄造珍祥委天貺靈物開地寶窈窕降青琴參差秀朱草

右明之君

同前　　周捨

赫矣明之君我皇邁前古機靈通日月聖敬締區宇淮海無横波文軌同一土樂哉太平世當歌復當舞

右明之君

聖主應圖籙天下咸所歸端扆臨赤縣宸居法紫微遐方奉正朔外户闢重扉我君延萬壽福祚長巍巍

右明主曲

明君班五瑞就日朝百王充庭植鷺羽鈞天奏清商本支同中嶽良臣安四方盛明普日月兆民樂未央

右明君曲

鐸舞歌詩

唐書樂志曰鐸舞漢曲也古今樂錄曰鐸舞者所持也木鐸制法度以號令天下故取以爲名今謂漢世諸舞鞞巾二舞是漢事鐸拂二舞以象時

漢鐸舞曲

聖人制禮樂篇古今樂錄曰古鐸舞曲有聖人制禮樂一篇聲辭雜寫不復可辨相傳如此　古辭

昔皇文武邪彌彌舍善誰吾時吾行許帝道銜來治路
萬邪治路萬邪赫赫意黃運道吾治路萬邪善道明邪
金邪善道明邪金邪帝邪近帝武武邪邪聖皇八音偶
邪尊來聖皇八音及來義邪同邪烏及來義邪善草供
國吾咄等邪烏近帝邪武邪近帝武邪武邪應節合用
武邪尊邪應節合用酒期義邪同邪酒期義邪善草供
國吾咄等邪烏近帝邪武邪近帝武武邪邪下音足木
上爲鼓義邪應衆義邪樂邪邪延否已邪烏已禮祥咄
等邪烏素女有絕其聖烏烏武邪

晉鐸舞曲　　傅玄

雲門篇 隋書樂志曰鐸舞傅玄代魏辭云振鐸鳴金是也古今樂錄曰魏曲有太和時晉曲有雲門篇傅玄造以當魏曲齊因之梁周捨改其篇宋書載此亦不云玄作晉書樂志曰鐸舞詩二篇陳于元會

黃雲門唐咸池虞韶舞夏夏殷濩列代有五振鐸鳴金延大武清歌發唱形為主聲和八音協律呂身不虛動手不徒舉應節合度周其敘時奏宮商雜之以徵羽下壓衆目上從鐘鼓樂以移風與德禮相輔安有失其所

齊鐸舞歌

南齊書樂志曰鐸舞歌傅玄以代魏太和時徵羽除下厭衆目上從鐘鼓二句

黃雲門唐咸池虞韶舞夏夏殷濩列代有五振鐸鳴金

延大武清歌發唱形為主聲和八音協律呂身不虛動手不徒舉應節合度周期序時奏宮角雜之以徵羽樂以移風禮相輔安有出其所

梁鐸舞曲

古今樂錄曰梁三朝樂第十八設鐸舞

周捨

雲門且莫奏咸池且莫歌我后與至德樂頌發中和白雲紛已隆萬舞鬱駢羅功成聖有作黃唐何足多

巾舞歌詩

漢巾舞歌詩

唐書樂志曰公莫舞晉宋謂之巾舞其說云漢高祖與項籍會鴻門項莊舞劍將殺

高祖項伯亦舞以袖隔之且語莊云公莫

苦楚人相呼曰公言公莫害漢王也漢人

德之故舞用巾以像項伯衣袖之遺式宋

書樂志曰按琴操有公莫渡河其聲所從

來已久俗云項伯非也古今樂錄曰巾舞

古有歌辭訛異不可解江左以來有歌舞

辭沈約疑是公無渡河曲今三調中自有

公無渡河其聲哀切故入瑟調不容以瑟

調襍於舞曲惟公無渡

河古有歌有弦無無舞也

古辭

吾不見公莫時吾何嬰公來嬰姥時吾哺聲何爲茂時

爲來嬰當恩吾明月之士轉起吾何嬰土來嬰轉去吾

哺聲何爲土轉南來嬰當去吾城上羊下食草吾何嬰

下來吾食草吾哺聲汝何三年針縮何來嬰吾亦老吾

平平門淫涕下吾何嬰何來嬰涕下吾哺聲昔結吾馬

客來嬰吾當行吾度四州洛四海吾何嬰海何來嬰四
海吾哺聲熇西馬頭香來嬰吾洛道五河五丈度汲水
吾噫邪哺誰當求兒母何意零邪錢健步哺誰當吾求
兒母何吾哺聲三針一發交時還弩心意何零意弩心
遙來嬰弩心哺聲復相頭巾意何零何邪相哺頭巾相
吾來嬰頭巾母何何吾復來推排意何零相哺推相來
嬰推非母何吾復車輪意何零子以邪相哺轉輪吾來
嬰轉母何吾使君去時意何零子以邪使君去時使來
嬰去時母何吾思君去時意何零子以邪思君去時思
來嬰吾去時母何何吾吾宋書恩作思士作上海河來嬰重一句五河作吾治

齊公莫舞辭

南齊書樂志曰晉公莫舞歌二十章章無定句前是第一解後是第十九二十解雜有三句並不可曉解建武初明帝奏樂至此曲言是似永明樂流涕憶世祖云

吾不見公莫時吾何嬰公來嬰姥時吾思君去時吾何零子以邪思君去時思來嬰吾去時母那何去吾此即前節

古辭

古樂苑卷第二十八終

古樂苑卷第二十九

西吴　梅鼎祚　補正
東越　吕胤昌　校閲

舞曲歌辭 雜舞

雜舞二

拂舞歌詩

晉拂舞歌詩

晉書樂志曰拂舞出自江左舊云吳舞檢其歌非吳辭也亦陳于殿庭晉曲五篇一曰白鳩二曰濟濟三曰獨祿四曰碣石五曰淮南王齊多删舊辭而因其曲名古今樂錄曰梁拂舞歌並用晉辭樂府解題曰曰除白鳩一曲餘並非吳歌未知所起

白鳩篇南齊書樂志曰白符鳩舞出江南吳人所造其歌本云平平白符思我君惠集我金堂言白者金行符合也鳩亦合也符鳩雖異其義是同晉書樂志曰晉楊泓舞序云自到江南見白符舞或言白凫鳩舞云有此來數十年矣察其辭旨乃是吳人患孫皓虐政思屬晉也晉辭曰翩翩白鳩載飛載鳴懷我君德來集君庭蓋晉人改其本歌云

翩翩白鳩載飛載鳴懷我君德來集君庭白雀呈瑞素羽明鮮翔庭舞翼以應仁乾交交鳴鳩或丹或黃樂我君惠振羽來翔東壁餘光魚在江湖惠而不費敬我微軀策我良駟習我驅馳與君周旋樂道亾餘我心虛靜我志霑濡彈琴鼓瑟聊以自娛凌雲登臺浮遊太清扳

龍附鳳目望身輕交交晉書作皎皎以餘晉書作忘飢目晉書作自宋書作曰

濟濟篇

暢飛暢舞氣流芳追念三五大綺黃去失有時可行去來同時此未央時冉冉近桑榆但當飲酒爲歡娛衰老逝有何期多憂耿耿內懷思淵池廣魚獨希願得黃浦衆所依恩感人世無比悲歌且舞無極已暢飛暢舞晉書作暢暢飛舞同時晉書作時同有何期作何有期淵池廣作深池廣

獨漉篇獨漉一作獨祿南齊書樂志曰古辭明君曲後云勇安樂無慈不問

清與濁清與無時濁邪交與獨祿伎錄曰求祿求祿清白不濁清白尚可貪汙殺我晉歌爲鹿字古通用也疑是風刺之辭

獨漉獨漉水深泥濁泥濁尚可水深殺我雍雍雙鴈遊戲田畔我欲射鴈念子孤散翩翩浮萍得風搖輕我心何合與之同并空牀低帷誰知無人夜衣錦繡誰別僞眞刀鳴鞘中倚牀無施父寃不報欲活何爲猛虎斑斑遊戲山間虎欲齧人不避豪賢獨漉獨漉晉書作獨祿祿虎晉書作獸

碣石篇南齊書樂志曰碣石魏武帝辭晉以爲碣石舞其歌四章一曰觀滄海二曰冬十月三曰土不同四曰龜雖壽樂府解題曰碣石篇晉樂奏魏武帝辭首章言東臨碣石見滄海之廣日月出入其中二章言農功畢而商賈往來三章言鄉土不同人性各異四章言老驥伏櫪志在千里烈士暮年壯心不已也按相和大曲步出夏門行亦有碣石篇與此並同

東臨碣石以觀滄海水何澹澹山島竦峙樹木藂生百草豐茂秋風蕭瑟洪波湧起日月之行若出其中星漢粲爛若出其裏幸甚至哉歌以詠志

右觀滄海

孟冬十月北風徘徊天氣肅清繁霜霏霏鵾雞晨鳴鴈過南飛鷙鳥潛藏熊羆窟棲錢鎛停置農收積場逆旅整設以通賈商幸甚至哉歌以詠志（錢晉書作耨鎛一作鎒）

右冬十月

鄉土不同河朔隆寒流澌浮漂舟船行難錐不入地豐藾深奧水竭不流氷堅可蹈士隱者貧勇俠輕非心常

歎怨戚戚多悲辛甚至哉歌以詠志

右土不同

神龜雖壽猶有竟時騰虵乘霧終爲土灰老驥伏櫪志在千里烈士暮年壯心不已盈縮之期不但在天養怡之福可得永年幸甚至哉歌以詠志

右龜雖壽

淮南王篇 崔豹古今注曰淮南王淮南小山之所作也淮南王服食求仙遍禮方士遂與八公相攜俱去莫知所往小山之徒思戀不已乃作淮南王曲焉班固漢武帝故事曰淮南王安好神仙招方術之士能爲雲雨百姓傳云淮南王得天子壽無極帝心惡之使覘王云能致仙人與共遊處變化無常又能

隱形飛行服氣不食帝聞而喜欲受其道王不肯傳帝怒將誅焉王知之出令與羣臣因不知所之樂府解題曰古辭淮南王自言尊實言安仙去

淮南王自言尊百尺高樓與天連後園鑿井銀作牀金瓶素綆汲寒漿汲寒漿飲少年少年窈窕何能賢揚聲悲歌音絶天我欲渡河河無梁願化雙黃鵠還故鄉還故鄉入故里裵徊故鄉苦身不已繁舞寄聲無不泰徘徊桑梓遊天外化晉書作作寄聲作奇歌齊拂舞第五曲用之而刪其半

齊拂舞歌

白鳩辭晉白鳩舞歌七解齊樂所奏是最前一解

翩翩白鳩再飛再鳴懷我君德來集君庭

濟濟辭南齊書樂志曰晉濟濟舞歌六解齊樂所奏是最後一解按晉書樂志是最前一解疑齊書之誤

暢飛暢舞氣流芳追念三五大綺黃

獨祿辭南齊書樂志曰晉獨漉歌六解齊樂所奏是最前一解

獨祿獨祿水深泥濁泥濁尚可水深殺我

碣石辭南齊書樂志曰晉碣石舞歌四章齊樂所奏是前一章

東臨碣石以觀滄海水何淡淡山嶋竦峙樹木叢生百草豐茂秋風蕭瑟洪波涌起日月之行若出其中星漢粲爛若出其裏幸甚至哉歌以言志

淮南王辭南齊書樂志曰晉淮南王舞歌六解齊樂所奏前是第一解後

是第五解

淮南王自言尊百尺高樓與天連我欲渡河河無梁願作雙黃鵠還故鄉

梁拂舞歌

古今樂錄曰梁三朝樂第十九設拂舞此歌删晉白鳩篇而改曖曖鳴球一句

翩翩白鳩再飛再鳴懷吾君德來集君庭曖曖鳴球或丹或黃樂我君恩振羽來翔

襍擬

臨碣石　沈約

碣石送返潮登罘禮朝日溟漲無端倪山島互崇崪驥老心未窮酬恩豈終畢

小臨海　劉孝威

碣石望山海畱連降尊極秦帝枉鈎陳漢家增禮秩石橋終不成桑田竟難測蜃氣遠生樓鮫人近潛織空勞帝女填詎動波神色

淮南王 朱門以下玉臺別作一首　宋鮑照

淮南王好長生服食鍊氣讀仙經琉璃作椀牙作盤金鼎玉七合神丹合神丹戲紫房紫房綵女弄明璫鸞歌鳳舞斷君腸朱門九重門九閨願逐明月入君懷入君懷結君佩怨君恨君恃君愛築城思堅劒思利同盛同衰莫相弃 朱門一作朱城

白紵舞歌詩

宋書樂志曰白紵舞按舞辭有巾袍之言紵本吳地所出宜是吳舞也晉俳歌云皎皎白緒節節爲雙吳音呼緒爲紵疑白緒卽白紵也南齊書樂志曰白紵歌周處風土記云吳黃龍中童謠云行白者君追汝句驪馬後孫權征公孫淵浮海乘舶舶白也今歌和聲猶云行白紵焉樂府解題曰古詞盛稱舞者之美宜及芳時爲樂其譽白紵曰質如輕雲色如銀製以爲袍餘作巾袍以光軀巾拂塵唐書樂志曰梁武帝令沈約改其辭爲四時白紵歌今中原有白紵曲辭旨與此全殊按引風土記童謠與此無謂

晉白紵舞歌詩 三首

輕軀徐起何洋洋高舉兩手白鵠翔宛若龍轉乍低昂
凝停善睞容儀光如推若引留且行隨世而變誠無方

舞以盡神安可忘晉世方昌樂未央質如輕雲色如銀
愛之遺誰贈佳人制以爲袍餘作巾袍以光軀巾拂塵
麗服在御會嘉賓醪醴盈樽美且淳清歌徐舞降祇神
四座歡樂胡可陳
雙袂齊舉鸞鳳翔羅裾飄飄昭儀光趨步生姿進流芳
鳴弦清歌及三陽人生世間如電過樂時每少苦日多
幸及良辰耀春華齊倡獻舞趙女歌羲和馳景逝不停
春露未晞嚴霜零百草凋索花落英蟋蟀吟牖寒蟬鳴
百年之命忽若傾蚤知迅速秉燭行東造扶桑遊紫庭
西至崑崙戲曾城

陽春白日風花香趨步鳴玉舞瑤璫聲發金石媚笙簧
羅袿徐轉紅袖揚清歌流響繞鳳梁如矜若思凝且翔
轉眄遺精豔輝光將流將引雙雁行歡來何晚意何長
明君御世永歌昌

宋白紵舞歌詩

宋書樂志曰白紵舞歌詩舊新合三篇二篇與晉辭同其一稍互

高舉兩手白鵠翔輕軀徐起何洋洋凝停善睞容儀光
宛若龍轉乍低昂隨世而變誠無方如推若引留且行
宋世方昌樂未央舞以盡神安可忘愛之遺誰贈佳人
質如輕雲色如銀袍以光軀巾拂塵制以爲袍餘作巾

四座歡樂胡可陳清歌徐舞降祇神

同前　南平王鑠

僊僊徐動何盈盈玉腕俱凝若雲行佳人舉袖耀青蛾摻摻擢手映鮮羅狀似明月泛雲河體如輕風動流波

耀一作輝

同前六首　鮑照

啓曰侍郎臣鮑照啓被教作白紵舞歌辭謹竭庸陋裁爲四曲附啓上呈識方淟悴思塗猥局言既無雅聲未能文不足以宣贊聖旨抽援妙實謹遣簡餘慙隨悚盈漄

啓

吴刀楚製爲佩褘纖羅霧縠垂羽衣含商咀徵歌露晞

珠履颯沓紈袖飛淒風夏起素雲廻車怠馬煩客忘歸
蘭膏明燭承夜輝履一作屣
桂宮柏寢擬天居朱爵文牕韜綺疏象牀瑤席鎮犀渠
雕屏鈴匝組帳舒秦箏趙瑟挾笙竽垂璫散珮盈玉除
停觴不御欲誰須鈴一作匳帳一作帷珮一作綬御一作語
三星參差露沾濕弦悲管清月將入寒光蕭條候蟲急
荊王流歎楚妃泣紅顏難長時易戢凝華結藻久延立
非君之故豈安集藻一作緑
池中赤鯉庖所捐琴高乘去騰上天命逢福世丁溢恩
簪金藉綺升曲筵恩君厚德委如山潔誠洗志期暮年

烏白馬角寧足言騰一作飛命逢逢福世一作徵命逢福思君厚德一作恩厚德深

朱脣動素腕舉洛陽少童邯鄲女古稱淥水今白紵催弦急管爲君舞窮秋九月荷葉黃北風驅鴈天雨霜夜長酒多樂未央腕一作袖童一作年

春風澹蕩俠思多天色淨綠氣妍和含桃紅萼蘭紫芽朝日灼爍發園花卷幌結帷羅玉筵齊謳秦吹盧女弦千金顧笑買芳年蘭一作連

同前　二首　　湯惠休

琴瑟未調心已悲任羅勝綺彊自持恐思一舞望所思將轉未轉恒如疑桃花水上春風出舞袖逶迤鸞照日

徘徊鶴轉情豔逸君爲迎歌心如一
少年窈窕舞君前容華豔豔將欲然爲君嬌凝復遷延
流目送咲不敢言長袖拂面心自煎願君流光及盛年

齊白紵舞辭五曲即晉辭末首　王儉

陽春白日風花香趨步明月舞瑤裳
情發金石媚笙簧羅袿徐轉紅袖揚
清歌流響繞鳳梁如驚若思凝且翔
轉盼流精豔輝光將流將引雙鴈行一作雙度行

梁白紵辭

歡來何晚意何長明君馭世永歌昌

古今樂錄曰梁三朝樂第二十設巾舞并白紵蓋巾舞以白紵四解送也

二首藝文作簡文帝今從玉臺　武帝

朱絲玉柱羅象筵飛琯促節舞少年短歌流目未肯前
含咲一轉私自憐
纖腰嬝嬝不任衣嬌怨獨立特爲誰赴曲君前未忍歸
上聲急調中心飛

同前九首　張率

歌兒流唱聲欲清舞女趍節體自輕歌舞並妙會人情
依弦度曲婉盈盈揚蛾爲態誰目成依一作調
妙聲屢唱輕體飛流津染面散芳菲俱動齊息不相違

令彼嘉客澹忘歸時久翫夜明星稀
日暮塞門望所思風吹庭樹月入帷涼陰旣滿草蟲悲
誰能離別長夜時流歎不寢淚如絲與君之別終何知

知一作如

秋風鳴條露垂葉空閨光盡坐愁妾獨向長夜淚承睫
山高水深路難涉望君光景何時接

鳴一作蕭獨向長夜一作獨問長安

遥夜方遠時旣寒秋風蕭瑟白露團佳期不待歲欲闌
念此遲暮獨無歡鳴弦流管增長歎
夜寒湛湛夜未央華燈空爛月懸光從風衣起發芬香
爲君起舞幸不忘

列坐華筵紛羽爵清曲未終月將落歌舞及時酒常酌
無令朝露坐銷鑠

愁來夜遲猶歎息撫枕思君終反仄金翠釵環稍不飾
霧縠流黃不能織但坐空閨思何極欲以短書寄飛翼來一作多
遥夜忘寐起長歎但望雲中雙飛翰明月入牖風吹幔
終夜悠悠坐申旦誰能知我心中亂終然有懷歲方晏

四時白紵歌

古今樂錄曰沈約云白紵五章勑臣約造武帝造後兩句

春白紵　沈約下同

蘭葉參差桃半紅飛芳舞縠戲春風如嬌如怨狀不同
含笑流盻滿堂中翡翠羣飛飛不息願在雲間長比翼
佩服瑤草駐容色舜日堯年懽無極

夏白紵 英華作梁武帝

朱光灼爍照佳人含情送意遥相親嫣然一轉亂心神
非子之故欲誰因翡翠羣飛飛不息願在雲間長比翼
佩服瑤草駐容色舜日堯年懽無極一一作宛

秋白紵

白露欲凝草已黃金琯玉柱響洞房雙心一意俱徊翔
吐情寄君君莫忘翡翠羣飛飛不息願在雲間長比翼

佩服瑤草駐容色舜日堯年懽無極

冬白紵

寒閨晝寢羅幌垂婉容麗色心相知雙去雙還誓不移
長袖拂面爲君施翡翠羣飛飛不息願在雲間長比翼
佩服瑤草駐容色舜日堯年歡無極

夜白紵

秦箏齊瑟燕趙女一朝得意心相許明月如規方襲予
夜長未央歌白紵翡翠羣飛飛不息願在雲間長比翼
佩服瑤草駐容色舜日堯年歡無極

隋四時白紵歌

東宮春　隋煬帝 下同

洛陽城邊朝日暉天淵池前春燕歸含露桃花開未飛
臨風楊柳自依依小苑花紅洛水綠清歌宛轉繁弦促
長袖逶迤動珠玉千年萬歲陽春曲

江都夏

梅黃雨細麥秋輕楓樹蕭蕭江水平飛樓倚觀軒若驚
花簟羅幃當夏清菱潭落日雙鳧舫綠水紅粧兩搖漾
還似浮桑碧海上誰肯空歌採蓮唱 梅黃一作黃梅夏一作夜誰一作詎

江都夏　虞茂 下同

長洲茂苑朝夕池映日含風結細漪坐當伏檻紅蓮披

雕軒洞戶青蘋吹輕幌芳煙鬱金馥綺簷花簟桃李枝
蘭苕翡翠但相逐桂樹鴛鴦恒並宿

長安秋

露寒臺前曉露清昆明池水秋色明搖環動珮出曾城
鶤弦鳳管奏新聲上林蒲桃合縹緲甘泉奇樹尚葱青
玉人當歌理清曲倢伃恩情斷還續

杯槃舞歌詩

宋書樂志曰槃舞漢曲也張衡舞賦云歷七槃而縱蹋王粲七釋云七槃陳於廣庭顏延之云遞間關於槃扇鮑照云七槃起長袖皆以七槃為舞也

晉杯槃舞歌詩

搜神記曰晉太康中天下爲晉世寧舞矜手以接杯槃而反覆之此則漢世唯有柈舞而晉加之以杯反覆也五行志曰其歌云晉世寧舞杯槃言接杯槃於手上而反覆之至危也杯槃者酒食之器也而名曰晉世寧者言晉世之士偷苟於酒食之間而其知不及遠晉世之寧猶杯槃之在手也唐書樂志曰漢有槃舞晉世謂之杯槃舞樂府詩云妍袖陵七槃言舞用盤七枚也

晉世寧四海平普天安樂永太寧四海安天下歡樂治興隆舞杯槃舞杯槃何翩翩舉坐翻覆壽萬年天與日終與一左回右轉不相失箏笛悲酒舞疲心中慷慨可健兒樽酒甘絲竹清願令諸君醉復醒醉復醒時合同四坐歡樂皆言工絲竹音可不聽亦舞此槃左右輕自

相當合坐歡樂人命長人命長當結友千秋萬歲皆老壽

齊世昌辭

南齊書樂志曰晉杯槃舞歌十解第三解云舞杯槃何翩翩舉坐反覆壽萬年其第一解首句云晉世寧宋改爲宋世寧惡其杯槃翻覆辭不復取齊改爲齊世昌後一解辭同唐書樂志曰梁謂之舞槃伎隋書樂志曰梁三朝樂第二十一設舞槃伎

齊世昌四海安樂齊太平人命長當結友千秋萬歲皆老壽

宋泰始歌舞曲辭

古今樂錄曰宋泰始歌舞十二曲一曰皇業頌二曰聖祖頌三曰明君大雅四曰通國風

五曰天符頌六曰明德頌七曰帝圖頌八曰龍躍大雅九曰淮祥風十曰宋世大雅十一曰治兵大雅十二曰白紵篇大雅

皇業頌 此歌自堯至楚元王高祖世載聖德 明帝 下同

皇業沿德建帝運資勳融胤唐重盛軌冑楚載休風堯帝兆深祥元王衍遐慶積善傳上業胙福啟聖聖哀數隨金祿登曆昌永命維宋垂光烈世美流舞詠 融一作庸聖聖一作英聖

聖祖頌

聖祖維高德積勳代晉曆永建享鴻基萬古盛音冊獻文纘宸馭廣運崇帝聲衍德被仁祉畱化洽民靈孝建

締孝業允協天人謀宇內齊政軌宙表燭威流鐘管騰列聖彝銘賁重猷

明君大雅　虞龢

明君應乾數撥亂紐頹基民慶來蘇日國頌薰風詩天步或暫艱列蕃扇迷慝廟勝敷九伐神謨洞七德文教洗昏俗武誼清祲埏英動冠帝則萬壽永齊天（齊宋書作衍）

通國風　明帝（下同）

開寶業資賢昌謨明盛紹諧光烈武惟睿景王勳南康華容變政文猛績爰著有左軍三王到氏文武贊丞相作輔屬伊旦沈柳宗侯皆殄亂泰始開運超百王司徒

驃騎勳德康江安謨效殷誠彰劉沈承規功名揚慶歸我后胙無疆業宋書作國謨效作謀效

天符頌

天符華運世誕英皇在館神炫旣壯龍驤六鍾集表四緯騈光於穆配天永休厥祥

明德頌

明德孚教幽符麗紀山鼎見奇醴液涵祉鶬雛燿儀騶虞遊趾福延億胙慶流萬祀

帝圖頌

帝圖凝遠瑞美昭宣濟流月鏡鹿毳霜鮮甘露降和花

雪表年孝德載行芳風永傳

龍躍大雅 豫章王

龍躍戎府玉耀蕃宮歲淹豫野靈屬嬪中江波澈映石柏開文觀毓花蕊樓凝景雲白烏三獲甘液再呈嘉穟表沃連理協成德充動物道積通神宋業允大靈瑞方臻 戎府宋書作式符

淮祥風 北都尉

淮祥應賢彥生翼贊中興致太平

宋世大雅 虞龢

宋世寧在泰始醉酒歡飽德喜萬國朝上壽酒帝同天

惟長久

治兵大雅　　明帝下同

王命治兵有征無戰巾拂以淨醜類葦面玉儀振旅載戢在宸中虛巾拂四表靜塵

白紵篇大雅

在心曰志發言詩聲成于文被管絲手舞足蹈欣泰時移風易俗王化基琴角揮韻白雲舒簫韶協音神鳳來拊擊和節詠在初章曲乍畢情有餘文同軌一道德行國靖民和禮樂成四縣庭響美勳英八列陛唱貴人聲舞飾麗華樂容工羅裳皎日袂隨風金翠列輝蕙麝豐

淑姿委體允帝衷皎一作映 委一作秀

齊明王歌辭

齊明王歌辭七曲王融應司徒教而作也一曰明王曲二曰聖君曲三曰淥水曲四曰採菱曲五曰清楚引六曰長歌引七曰散曲

王融

明王曲一曲二解

明王日月照至樂天地和幸息雲門吹復歇咸池歌桂序金匏轉瑤軒絲石羅朱騏步躑躅玄鶴舞蹉跎露凝嘉草秀煙慶醴泉波皇基方萬祀齊民樂如何序一作房

聖君曲一曲三解

聖君應昌曆景祚啓休期龍樓神睿道兎園仁義基海

蕩萬川集山崖百草滋盤茁成萃止渝蘇異來思清明動離軫慼惠被殊髒大哉君爲后何羨唐虞時惠一作懷

淥水曲一曲三解

湛露改寒司交鸎變春旭瓊樹落晨紅瑤塘水初淥日霽沙溆明風泉動華燭遵渚泛蘭觴乘漪弄清曲斗酒千金輕寸陰百年促何用盡歡娛王度式如玉動一作暗弄一作舞

採菱曲一曲三解

炎光銷玉殿涼風吹鳳樓雕輜儼平隰朱櫂泊安流金華粧翠羽鷁首畫飛舟荆姬採菱曲越女江南謳騰聲

翻葉靜發響谷雲浮良時時一遇佳人難再求雕輜一作青軩

飛一作龍
發一作散

清楚引 一曲三解

平原數千里飛觀鬱岧岧清月冏將曙浩露零中宵轉葉渡沙海別羽自冰遼四面涌寒色左右竟巖飈峭滬多榛梗京索久塵茵逝將憑神武奮劒盪遺妖涌一作通

長歌引 一曲二解

周雅聽休明齊德覯升平紫煙四時合黃河萬里清琴柳蔭通街朱闕臨高城方轂雷塵起接袖風雲生酣咲爭日夕絲管牙逢迎徂年無促慮長歌有餘聲牙疑作互

散曲 一曲 三解

金枝湛明燎繡幕裂芳然層閨橫綠綺曠席緬朱纏楚調廣陵散瑟柱秋風弦輕裙中山麗長袖邯鄲妍徐歌駐行景迅節籥浮煙言願聖明主永永萬斯年

散樂附

周禮曰旄人教舞散樂鄭康成云散樂野人爲樂之善者若今黃門倡即漢書所謂黃門名倡丙彊景武之屬是也漢有黃門鼓吹天子所以宴羣臣然則雅樂之外又有宴私之樂焉唐書樂志散樂者非部伍之聲俳優歌舞雜奏秦漢已來又有雜伎其變非一名爲百戲亦摠謂之散樂

自是歷代相承有之

俳歌辭 一曰侏儒導自古有之蓋倡優戲也說文曰俳戲也穀梁曰魯定公會齊

侯于夾谷罷會齊人使伎優施舞於魯君之幕下范甯云優俳施其名也樂記子夏對魏文侯問曰新樂進俯退俯俳優侏儒獶襍子女王肅云俳優短人也則其所從來亦遠矣南齊書樂志曰侏儒導舞人自歌之古辭俳歌八曲前一篇二十二句今侏儒所歌擿取之也古今樂錄梁三朝樂第十六設俳伎伎兒以青布囊盛竹篋貯兩踒子負束寫地歌舞小兒二人提沓踒子頭讀俳云見俳不語言俳澀所俳作一起四坐敬止馬無懸蹄牛無上齒駱駝無角奮迅兩耳半折薦博四角恭跱隋書樂志曰魏晉故事有侏儒導引隋文帝以非正典罷之

古辭

俳不言不語呼俳噏所俳適一起狼率不止生拔牛角摩斷膚耳馬無懸蹄牛無上齒駱駝無角奮迅兩耳

宋鳳皇銜書伎辭

隋書樂志曰鳳皇銜書伎自宋齊已來有之三朝用之南齊書樂志曰蓋魚龍之流也元會日侍中於殿前跪取其書以授舍人舍人受書升殿跪奏宋世有辭齊初詔江淹改造至梁武帝普通中下詔罷之

大宋興隆膺靈符鳳鳥感和銜素書嘉樂之美通玄虛惟新濟濟邁唐虞巍巍蕩蕩道有餘

齊鳳皇銜書伎辭　江淹

皇齊啓運從瑶璣靈鳳銜書集紫微和樂旣洽神所依超商卷夏耀英輝永世壽昌聲華飛

古樂苑卷第二十九終

古樂苑卷第三十

西吳　梅鼎祚　補正
東越　呂胤昌　校閱

琴曲歌辭

琴者先王所以脩身理性禁邪防淫者也是故君子無故不去其身唐書樂志曰琴禁也夏至之音陰氣初動禁物之淫心也世本曰琴神農所造廣雅曰伏羲造琴長七尺二寸而有五弦楊雄琴清英曰舜彈五弦之琴而天下化琴操曰琴長三尺六寸六分象三百六十日廣六寸象六合也文上曰池池水也言其平下曰濱濱賓也言其服也前廣後狹尊卑象也上圓下方法天地也五弦象五行也文王武王加二弦以合君臣之恩古今樂錄曰今稱二弦爲文武弦是也應劭風俗通曰七弦法七星也三禮圖曰琴第一弦爲宮次弦爲商次爲角次爲羽次爲徵次爲少宮次爲少商桓譚新

論曰今琴四尺五寸法四時五行也崔豹古今注曰蔡邕益琴爲九弦二弦大次三弦小次四弦尤小梁元帝纂要曰古琴名有清角黃帝之琴也鳴鹿循況濫脅號鍾自鳴空中皆齊桓公琴也繞梁楚莊王琴也綠綺司馬相如琴也焦尾蔡邕琴也鳳皇趙飛燕琴也自伏羲制作之後有匏巴師文師襄成連伯牙方子春鍾子期皆善鼓琴而其曲有暢有操有引有弄琴論曰和樂而作命之曰暢言達則兼濟天下而美暢其道也憂愁而作命之曰操言窮則獨善其身而不失其操也引者進德脩業申達之名也弄者情性和暢寛泰之名也其後西漢時有慶安世者爲成帝侍郎善爲雙鳳離鸞之曲齊人劉道彊能作單鳧寡鶴之弄趙飛燕亦善爲歸風送遠之操皆妙絕當時見稱後世若夫心意感發聲調諧應大弦寛和而溫小弦清廉而不亂攫之深醳之愉斯爲盡善矣古琴曲有五曲九引十二操五曲一曰鹿鳴二曰伐檀三曰騶虞四曰鵲巢五曰白駒九引一曰列女引二曰伯妃引三曰貞女引四曰思歸引五曰霹靂引六曰走馬引七曰箜篌引八曰琴引九曰楚引十二操

一曰將歸操二曰猗蘭操三曰龜山操四曰越裳操五曰拘幽操六曰岐山操七曰履霜操八曰朝飛操九曰別鶴操十曰殘形操十一曰水仙操十二曰襄陵操自是巳後作者相繼而其義與其所起畧可考而知故不復備論

右郭氏樂府序也按樂府解題曰琴操紀事好與本傳相違存之者以廣異聞也風雅逸篇曰琴操一書載堯舜文武孔子之辭猶謬知者可一覽而悟也然其辭猶效古而僞撰者亦出魏晉人之手相傳既久姑錄之今所具列仍復傳疑至如篇次各依世序惟本曲所繫起云其本爲琴歌而不入琴操者如扈子窮劫之曲處女鼓琴歌子桑琴歌相和歌秦琴女歌百里妻琴歌杞梁妻琴歌並附于內又按嵇康琴賦有云東武太山王昭楚妃注引魏武帝東武吟曹植太山梁甫吟石崇楚妃歎則此類亦皆琴曲也樂府各有分屬他如蔡邕釋誨中胡老援琴而歌嵇康琴賦中歌之類並設爲之辭本非琴曲不錄

唐虞至
西楚

神人暢　古今樂錄曰堯郊天地祭神座上有響誨堯曰水方至爲害命子救之堯乃作歌謝希逸琴論曰神人暢堯帝所作堯彈琴感神人現故制此弄按嵇康琴賦云雅琴唐堯注引七畧雅暢第十七曰琴道曰堯暢逸又曰堯則兼善天下無不通暢故謂之暢咏與暢周也

唐堯

清廟穆兮承予宗百僚肅兮于寢堂醊禱進福求年豐有韶在坐敕予爲害在玄中欽哉皓天德不隆承命任禹竄中宮　堂徒紅切吳才老韻引楊諫議銘太尉在漢四世以公於陵正直僕射於唐唐可叶公則堂亦當爲此叶韶古響字害一本作害中宮一作東宮

思親操　古今樂錄曰舜遊歷山見烏飛思親而作此歌謝希逸琴論曰舜作思親操孝之生

也　　虞舜

陟彼歷山兮崔嵬有鳥翔兮高飛瞻彼鳩兮徘徊河水洋洋兮青泠深谷鳥鳴兮嚶嚶設罥張罝兮思我父母力耕日與月兮往如馳父母遠兮吾當安歸設罥張罝一作設罝張罥當一作將

南風歌二首後首琴操作南風操孔子家語曰舜彈五弦之琴歌南風之詩史記樂書曰舜歌南風而天下治南風者生長之音也舜樂好之樂與天地同意得萬國之驩心故天下治也玉海逸詩　　虞舜

南風之薰兮可以解吾民之慍兮南風之時兮可以阜吾民之財兮慍叶平聲財叶前西反

南風操

反彼三山兮商嶽嵯峨天降五老兮迎我來歌有黃龍兮自出于河負書圖兮委蛇羅沙案圖觀讖兮閔天嗟嗟擊石拊韶兮淪幽洞微鳥獸蹌蹌兮鳳皇來儀凱風自南兮喟其增悲

襄陵操 一曰禹上會稽書曰湯湯洪水方割蕩蕩懷山襄陵浩浩滔天古今樂錄曰禹治洪水上會稽山顧而作此歌謝希逸琴論曰夏禹治水而作襄陵操琴集曰禹上會稽夏禹東巡狩所作也

夏禹

嗚呼洪水滔天下民愁悲上帝愈咨三過吾門不入父子道衰嗟嗟不欲煩下民 古音黎

箕子操　一曰箕子吟史記曰紂始爲象箸箕子歎曰彼爲象箸必爲玉杯爲玉杯則必思遠方珍怪之物而御之矣輿馬宮室之漸自此始不可振也紂爲淫泆箕子諫不聽人或曰可以去矣箕子曰爲人臣諫不聽而去是彰君之惡而自說于民吾不忍爲也乃披髮佯狂而爲奴遂隱而鼓琴以自悲故傳之曰箕子操古今樂錄曰紂時箕子佯狂痛宗廟之爲墟乃作此歌後傳以爲操琴集曰箕子吟箕子自作也按其辭紂爲無道殺比干紂乃商辛之謚史記云天下謂之紂亦自其後言之耳且漆身負石皆近申屠豫讓事疑或後人傳會也

殷箕子

嗟嗟紂爲無道殺比干嗟重復嗟獨奈何漆身爲厲被髮以佯狂今奈宗廟何天乎天哉欲負石自投河嗟復嗟奈社稷何

傷殷操

琴集曰傷殷操微子所作也尚書大傳曰微子將朝周過殷之故墟見麥秀之蔪蔪黍禾之蠅蠅也曰此故父母之國宗廟社稷之亾也志動心悲欲哭則爲朝周欲泣則近婦人推而廣之作雅聲卽此操也亦謂之麥秀歌史記箕子世家曰箕子朝周過故殷墟感宮室毀壞生禾黍乃作麥秀之詩以歌詠之彼所謂狡童者紂也學齋佔畢曰史記與尚書大傳所載之歌只差末句一字惟書序與歌蔪蔪蠅蠅字不同宋玉笛賦枚乘七發皆麥秀蔪兮注麥芒也但史記以爲箕子而書傳以爲微子且稱父母之國尤爲有理不知司馬何所據而與抵牾耶按嵇康琴賦云終詠微子注引七畧微子傷殷之將亡終不可奈何見鴻鵠高飛援琴作操則又自有微子操矣

殷微子

麥秀漸漸兮禾黍油油彼狡童兮不我好仇尚書大傳

麥秀漸漸兮禾黍油油彼狡童兮不與我好兮史記 油古音

又好叶許候反

採薇操

琴集曰採薇操伯夷所作也史記曰武王克殷伯夷叔齊恥之不食周粟隱於首陽山採薇而食之及餓且死乃作歌因傳以爲操樂府解題曰採薇操亦曰晨遊高舉按史記歌辭與琴集小異

殷伯夷

登彼高山言採其薇以亂易暴不知其非神農虞夏忽焉沒兮我適安歸琴集

登彼西山兮采其薇矣以暴易暴兮不知其非矣神農虞夏忽焉沒兮我安適歸矣于嗟徂兮命之衰矣史記

岐山操

琴苑要錄曰岐山操者周太王之所作也太王居邠狄人攻之事之以珠玉犬馬皮幣狄侵不止問其所欲得土地也太王曰土地所以養萬民也吾不爭所用養而害吾所養遂

策杖而去之踰梁山而邑乎岐山喟然歎息援琴而鼓之　周太王

狄戎侵兮土地遷移邦邑適於岐山烝民不憂兮誰者知嗟嗟奈何兮予命遭斯

拘幽操

一曰文王哀羑里琴操曰拘幽操文王拘於羑里而作也文王脩德百姓親附崇侯虎嫉之譖於紂曰西伯昌聖人也長子發中子旦皆聖人也三聖合謀君其慮之乃囚文王於羑里將殺之於是文王四臣太顛閎夭散宜生南宮适之徒得美女大貝白馬朱鬣以獻於紂紂遂出西伯文王在羑里乃申憤而作歌云兩山墨錄曰此操見通鑑外紀詳其辭意怨誹淺激非文王語也　周文王

殷道溷溷浸濁煩兮朱紫相合不別分兮迷亂聲色信讒言兮炎炎之虐使我愆兮幽閉牢穽由其言兮遘我

四人憂勤勤兮煩叶分沿反分叶膚眠反勤叶音虔炎炎之虐使我愬兮樂錄作閭閭之虎使我褰兮虎蓋謂崇侯虎也

文王操

琴操曰紂爲無道諸侯皆歸文王其後有鳳皇銜書於郊文王乃作此歌謝希逸琴論曰文王操文王作也玉海作文王鳳凰歌

周文王

翼翼翺翔彼鳳皇兮銜書來遊以會昌兮瞻天案圖殷將亾兮蒼蒼之天始有萌兮五神連精合謀房兮興我之業望來羊兮翺翔一作翔鳳一作鸞會一作命之一作昊五神連精合謀房兮一作精連神合謀於房兮

尅商操

一曰武王伐紂古今樂錄曰武王伐紂而作此歌謝希逸琴論曰尅商操武王伐紂時制琴集曰武王伐紂武王自作也

周武王

上告皇天兮可以行乎行叶音先

越裳操琴操曰越裳操周公所作也周公輔成王成文王之王道越裳重九譯而來獻白雉周公乃援琴而歌之遂受之獻于文王之廟裳一作嘗　周公旦

於戲嗟嗟非旦之力乃文王之德力下德下一各有也字

神鳳操一曰鳳皇來儀古今樂錄曰周成王時鳳皇翔舞成王作此歌謝希逸琴論曰成王作神鳳操言德化之感也琴集曰鳳皇來儀成王所作玉海作周成王儀鳳歌

周成王

鳳皇翔兮於紫庭予何德兮以感靈賴先人兮恩澤臻

于胥樂兮民以寧於玉海作舞宋書符瑞志初學記並載此臻一作轃

履霜操琴操曰履霜操尹吉甫之子伯奇所作也伯奇無罪爲後母讒而見逐乃集芰荷以

爲衣採楟花以爲食晨朝履霜自傷見放於是援琴鼓之而作此操曲終投河而死

周尹伯奇

履朝霜兮採晨寒考不明其心兮聽讒言孤恩別離兮摧肺肝何辜皇天兮遭斯愆痛殁不同兮恩有偏誰能流顧兮知我寃寒叶胡千反肝叶經天反

獻玉退怨歌

琴操曰卞和者楚野民得玉璞以獻懷王王使樂正子占之言玉石以爲欺謾斬其一足懷王死子平王立和復獻之又以爲欺斬其一足平王死子立爲荊王欲獻之恐復見害乃抱玉而哭涕盡繼之以血荊王使剖之中果有玉乃封和爲陵陽侯辭不受而作退怨之歌風雅逸篇曰此歌出琴操其叙述和事與正史亦異果和所作耶今按平王遠在懷王前而懷王之子乃頃襄王韓非子曰楚人和氏得璞玉于楚山之中奉而獻之武王武王使

玉人相之玉人曰石也刖和氏左足武王薨成王卽位和又獻之玉人又曰石也刖其右足成王薨文王卽位和乃抱璞而哭於楚山之下王使玉人理其璞而得寶焉遂名曰和氏之璧當以韓子爲正今按史記成王在文王後

楚卞和

悠悠沂水經荊山精氣鬱泠谷岩岩中有神寶灼明明穴山采玉難爲功於何獻之楚先王遇王暗昧信讒言斷截兩足離余身俛仰嗟歎心摧傷紫之亂朱紛墨同空山歔欷涕龍鍾天鑒孔明竟以彰沂水滂沛流于汶進寶得刖足離分斷者不續豈不怨山叶輸旃反明叶謨郎反功叶音光言叶魚斤反同叶徒黃反鍾叶諸良反汶叶微勻反分叶方惛反怨叶紆云反

琴歌

三首風俗通曰百里奚爲秦相堂上樂作所賃瀚婦自言知音因援琴撫弦而歌問之乃

其故妻還爲夫婦也亦謂之扊扅歌

字説曰門關謂之扊扅扅或作剡移

秦百里奚妻

百里奚五羊皮憶別時烹伏雌炊扊扅今日富貴忘我爲

百里奚初娶我時五羊皮臨當別時烹乳雞今適富貴忘我爲

百里奚百里奚母已死葬南谿墳以瓦覆以柴舂黃藜搤伏雞西入秦五羖皮今日富貴捐我爲

百里奚歌

梁高允生

羈旅入秦庭始得收顯曜釋褐出輜車卓爲千乘道豔

色進華容繁弦發徵調居貿易素心翻然忘久要裝金五羊皮寫情陳所告豈徒望自傷念君無定操

士失志操

琴集曰士失志操介子推所作也一曰龍蛇歌琴操曰文公與介子綏俱遁子綏割腓股以啖文公文公復國咎犯趙衰俱蒙厚賞子綏獨無所得乃作龍蛇之歌而隱文公求之不肯出史記曰文公重耳奔狄其後反國賞從亡未及介子推子推欲隱從者憐之乃懸書宮門文公出見之曰此介子推也使人召之亡入緜上山中於是文公環緜上山而封之以爲介推田號曰介山是也左傳曰晉侯賞從亾者介之推不言祿祿亦弗及其母曰盍亦求之以死誰懟對曰尤而效之罪又甚焉且出怨言不食其食其母曰亦使知之若何對曰言身之文也身將隱焉用文之是求顯也其母曰能如是乎與女偕隱遂隱而死呂氏春秋劉向新序皆以爲子推自作辭並小異說苑又作舟之僑歌事類子推而辭復同新序今別載古歌中

晉介子推

有龍矯矯遭天譴怒三蛇從之一蛇割股二蛇入國厚蒙爵土餘有一蛇棄於草莽怒上聲莽叶一

有龍于飛周徧天下五蛇從之爲之承輔龍反其鄉得其處所四蛇從之得其露雨一蛇羞之橋死於中野呂氏春秋野叶上與反

龍欲上天五蛇爲輔龍已升雲四蛇各入其宇一蛇獨怨終不見處所史記索隱曰五蛇即五臣狐偃趙衰魏武子司空季子及子推也舊云五臣有先軫顚頡恐非其類

有龍矯矯將失其所有蛇從之周流天下龍旣入深淵

得其安所蚍脂盡乾獨不得甘雨 新序

有龍矯矯頃失其所五蚍從之周徧天下龍饑無食一蚍割股龍反其淵安其壤土四蚍入穴皆有處所一蚍無穴號於中野 說苑[redacted]下 叶後五反

霹靂引

謝希逸琴論曰夏禹作霹靂引樂府解題曰楚商梁遊於雷澤霹靂下乃援琴而作之名霹靂引琴苑要錄曰霹靂引楚商梁之所作也商梁出遊九皐之澤覽漸水之臺引罘不置周於荆山臨曲池而漁疾風貫雹雷電奄冥大水四起霹靂下臻矍然而驚其僕曰孤虛設張入宿相望熒惑于角五星失行此國之大變也君其返國矣於是商梁返室援琴歎之韻聲激發象霹靂之聲故曰霹靂引楚商梁者或云楚莊王也聲之誤耳按前二說互異據歌辭有亾國喪年之說與商梁合

楚商梁

作歌曰

齊杞梁妻

樂莫樂兮新相知悲莫悲兮生別離見水經註

琴操杞梁死妻援琴歌曰

樂莫樂兮新相知悲莫悲兮生別離哀感皇天城爲隳見太平御覽

杞梁妻崔豹古今注曰杞梁妻者杞殖妻妹朝日之所作也殖戰死妻曰上則無父中則無夫下則無子人生之苦至矣乃抗聲長哭杞都城感之而頹遂投水而死其妹悲姊之貞乃作歌名曰杞梁妻焉梁殖之字也列女傳曰齊莊公襲莒殖戰而死其妻無所歸乃就其夫之尸於城下而哭十日而城爲之崩既葬遂赴淄水而死琴操曰杞梁妻歎齊杞梁殖其妻之所作也

宋吳邁遠

燈竭從初明蘭凋猶早薰扼腕非一代千載炳遺文貞夫淪莒役杜弔結齊君驚心眩白日長洲崩秋雲精微貫穹昊高城爲隤壙行人旣迷徑飛鳥亦失羣壯哉金石軀出門形影分一隨塵壤消聲譽誰共論昊一作旻

龜山操琴操曰季桓子受齊女樂孔子欲諫不得退而望魯龜山作此曲以喻季氏若龜山之蔽魯也

魯孔子

予欲望魯兮龜山蔽之手無斧柯奈龜山何柯叶於離返何叶寒隈反

陬操一曰槃操史記世家曰孔子旣不得用於衛將西見趙簡子至於河而聞竇鳴犢舜華之死臨河而歎曰美哉水洋洋乎丘之不濟此命也夫子貢曰何謂也孔子曰竇鳴犢舜華晉國

之賢大夫也趙簡子未得志之時須此兩人而后從政及其已得志殺之乃從政丘聞之也刳胎殺夭則麒麟不至郊竭澤涸漁則蛟龍不合陰陽覆巢毀卵則鳳皇不翔何則君子諱傷其類也夫鳥獸之於不義也尚知辟之而況乎丘哉乃還息乎陬鄉作爲陬操以哀之孔叢子曰趙簡子使聘夫子將至焉及河聞鳴犢竇犫之見殺也迴輿而旋之衛息陬爲操孔子家語曰還息於陬作槃操以哀之注卽此歌王肅曰陬操琴曲[redacted]也水經注又有臨河歌事同辭異本非琴操今亦附後

魯孔子

周道衰微禮樂陵遲文武既墜吾將焉歸周遊天下靡邦可依鳳鳥不識珍寶梟鴟眷然顧之慘然心悲巾車命駕將適唐都黃河洋洋攸攸之魚臨津不濟還轅息鄹傷予道窮哀彼無辜翱翔于衛復我舊廬從吾所好

其樂只且文武既墜吾將焉歸一作文武既醉我將焉師晉一作唐　朱熹云孔叢子紀孔子事多失實非東漢人之書

將歸操琴操曰孔子將西見趙簡子至河而返作將歸操

翺翔于衛復我舊居從吾所好其樂只且

槃操一名息陬操

乾澤而漁蛟龍不遊覆巢毀卵鳳不翔留慘予心悲還原息陬

臨河歌酈道元水經注曰孔子適趙臨河不濟歎而作歌

狄水衍兮風揚波舟楫顛倒更相加歸來歸來胡為斯狄水名在臨濟舊作秋誤

猗蘭操

一曰幽蘭操古今樂錄曰孔子自衛反魯見香蘭而作此歌琴操曰猗蘭操孔子所作孔子歷聘諸侯諸侯莫能任自衛反魯隱谷之中見薌蘭獨茂喟然歎曰蘭當爲王者香今乃獨茂與衆草爲伍乃止車援琴鼓之自傷不逢時託辭於蘭云琴集曰幽蘭操孔子所作也

按此雖云託辭于蘭義實無與

習習谷風以陰以雨之子于歸遠送于野何彼蒼天不得其所逍遙九州無所定處時人闇蔽不知賢者年紀逝邁一身將老時一作世老叶滿補反

同前

隋辛德源

奏事傳青閣拂除乃陶嘉散條凝露彩含芳映日華已知香若麝無怨直如麻不學芙蓉草空作眼中花

幽蘭五首宋玉諷賦曰獨有主人女在止臣其中中有鳴琴焉臣援而鼓之爲幽蘭白雪之曲　宋鮑照

傾暉引暮色孤景流思顔梅歌春欲罷期渡往不還

簾委蘭蕙露帳含桃李風攬帶昔何道坐令芳節終

結佩徒分明抱梁輒乖忤華落知不終空愁坐相悞

眇眇蛸挂網漠漠蠶弄絲空慙不自信怯與君畫期

陳國鄭東門古今共所知長袖暫徘徊駟馬停路岐

歸耕操琴操曰曾子事孔子十有餘年晨覺眷然年衰養之不備也于是援琴而歌曰　曾參

歇來歸耕歷山盤兮以晏父母我心博兮琴操

戲欲歸耕來兮安所歸耕歷山盤兮　琴清英

窮刼之曲

吳越春秋曰樂師扈子非荆王信讒佞殺伍奢白州犂至乃掘平王墓而寇不絕於境戮屍以辱楚君臣又傷昭王困迫幾爲天下大鄙乃援琴爲楚作窮刼之曲昭王垂涕深知琴曲之情扈子遂不復鼓矣

楚扈子

王耶王耶何乖烈不顧宗廟聽讒孽任用無忌多所殺誅夷白氏族幾滅二子東奔適吳越吳王哀痛助忉怛垂涕舉兵將西伐伍胥白喜孫武決三戰破郢王奔發留兵縱騎虜京闕楚荆骸骨遭掘發鞭辱腐屍耻難雪幾危宗廟社稷滅莊王何罪國幾絕卿士悽愴民惻悷吳軍雖去怖不歇願王更隱撫忠節勿爲讒口能謗褻

無忌費無忌也二子伍胥白喜也　烈疑作劣

別鶴操　崔豹古今注曰別鶴操商陵牧子所作也娶妻五年而無子父兄將爲之改娶妻聞之中夜起倚戶而悲嘯牧子聞之愴然而悲乃援琴而歌後人因爲樂章焉琴譜曰琴曲有四大曲別鶴操其一也按太平御覽載琴操曰牧子援琴鼓之云痛恩愛之永離歎別鶴以舒情故曰別操與此辭異嵇康琴賦曰千里別鶴

商陵牧子

將乖比翼兮隔天端山川悠遠兮路漫漫攬衣不寐兮食忘餐　古今注無二兮字攬衣一作攬衾食一作尽別鶴操至龍丘引並無考世代舊編錯互

同前　宋鮑照

雙鶴俱起時徘徊滄海間長弄若天漢輕軀似雲懸幽客時結侶提攜遊三山青繳凌瑤臺丹爐籠紫煙海上

悲風急三山多雲霧散亂一相失驚孤不得住緬然日月馳遠矣絶音儀有願而不遂無怨以生離鹿鳴在深草蟬鳴隱高枝心自有所懷旁人那得知悲一作疾遊一作到遠一作巳懷一作存

別鶴一作烏棲曲　梁簡文帝

接翮同發燕孤飛獨向楚值雪已迷羣驚風復失侶

同前　吳均

別鶴尋故侶聯翩遼海間單棲孟津水驚唳隴頭山

水仙操琴苑要錄曰水仙操伯牙之所作也伯牙學琴於成連三年而成至於精神寂寞情之專一未能得也成連曰吾之學不能移人之情吾師有方子春在東海中乃賫糧從之至蓬

萊山留伯牙曰吾將迎吾師刺船而去旬時不
返伯牙心悲延頸四望但聞海水汨沒山林窅
冥羣鳥悲號仰天歎曰先生
將移我情乃援琴而作此歌　伯牙

繄洞渭兮流澌濩舟楫逝兮仙不還移形素兮蓬萊山
歍欽傷宮仙石還

貞女引　一曰處女吟琴苑要錄曰貞女引者魯次
室女之所作也次室女倚柱悲吟而嘯鄰
人謂曰欲嫁耶何吟之悲也次室女曰嗟乎吾
傷民心悲而嘯豈欲嫁哉自傷懷潔而爲鄰人
所疑於是褰裳而去之入山林之中見貞女之
廟喟然歎息援琴而歌自縊而死繫骸骨於林
兮附神靈於貞女故曰貞女引古今樂錄曰魯
處女見女貞木而作歌亦謂之女貞木歌琴操
曰處女吟魯
處女所作也　魯處女

菁菁茂木隱獨榮兮變化垂枝含蕤英兮脩身養志建

令名兮厥道不同善惡并兮屈身身獨去微清兮懷忠見疑何貪生兮同一作積屈身身獨去微清兮一作屈躬就濁世疑清兮

同前　梁簡文帝

借問懷春臺百尺凌雲霧北有歲寒松南臨女貞樹庭花對帷滿隙月依枝度但使明妾心無嗟坐遲暮

同前　沈約

貞心信無矯傷隣也見疑輕生本非惜賤軀良足悲傳芳託嘉樹弦歌寄好辭

思歸引一曰離拘操琴操曰衛有賢女邵王聞其賢而請聘之未至而王薨太子曰吾聞齊桓公得衛姬而霸今衛女賢欲留大夫曰不可若女賢必不我聽若聽必不賢不可取也太子

遂留之果不聽而於深宮思歸不得遂援琴而作歌曲終縊而死晉石崇有思歸引以古曲有弦無歌乃作樂辭但思歸河陽别業與琴操異也樂府解題曰若梁劉孝威胡地憑良馬備言思歸之狀而已按謝希逸琴論曰箕子作離拘操不言衛女作未知孰是

衛女

涓涓泉水流及于淇兮有懷于衛靡日不思執節不移兮行不寮硶軻何辜兮離厥菑嗟乎何辜兮離厥菑琴苑要錄

涓涓淇水流于淇兮有懷于衛靡日不思執節不移兮行不詭隨坎坷何辜兮離厥茨風雅逸篇

同前　晉石崇

序曰余少有大志夸邁流俗弱冠登朝歷位二十五年五十以事去官晚節更樂放逸篤好林藪遂肥遁于河陽別業其制宅也卻阻長堤前臨清渠百木幾于萬株江水周于舍下有觀閣池沼多養魚鳥家素習技頗有秦趙之聲出則以遊目弋釣為事入則有琴書之娛又好服食咽氣志在不朽傲然有凌雲之操欻復見牽羈婆娑于九列困於人間煩黷常思歸而永歎尋覽樂篇有思歸引儻古人之心有同于今故制此曲此曲有弦無歌今為作歌辭以述余懷恨時無知音者令造新聲而播于絲竹也

思歸引歸河陽假余翼鴻鶴高飛翔經芒阜濟河梁望我舊館心悅康清渠激魚彷徨鴈驚泝波羣相將終日周覽樂無方登雲閣列姬姜拊絲竹叩宮商宴華池酌玉觴

同前　梁劉孝威

胡地憑良馬懷驕負漢恩甘泉烽火入回中宮室燔錦車勞遠駕繡衣疲屢奔貳師已喪律都尉亦銷魂龍堆求援急狐塞請先屯櫪下驅雙駿腰邊帶兩鞬乘障無期限思歸安可論一作言

思歸歎本非琴操類附于此　晉石崇

登城隅兮臨長江極望無涯兮思塡胸魚瀺灂兮鳥繽翻澤雉遊鳧兮戲中園秋風厲兮鴻鴈征蟋蟀嘈嘈兮晨夜鳴落葉飄兮枯枝竦百草零落兮覆畦壠時光逝兮年易盡感彼歲暮兮悵自愍廓羈旅兮滯

野都願御北風兮忽歸徂惟金石兮幽且清林鬱茂兮芳卉盈玄泉流兮縈丘阜閣館蕭寥兮蔭叢柳吹長笛兮彈五弦高歌凌雲兮樂餘年舒篇卷兮與聖談釋冕投紱兮希彭聃超逍遥兮絶塵埃福亦不至兮禍亦不來卉一作草五弦一作玉琴

霹靂引謝希逸琴論曰夏禹作霹靂引樂府解題曰楚商梁遊於雷澤霹靂下乃援琴而作之名霹靂引琴苑要錄曰霹靂引楚商梁之所作也商梁出遊九皐之澤覽漸水之臺引罘罝周於荊田臨曲池而漁疾風賁雷電奄冥大水四起霹靂下臻瞿然而驚其僕曰孤虛設張八宿相望熒惑于角五星失行此國之大變也君其返國矣於是商梁返室援琴歎之韻聲激發象霹靂之聲故曰霹靂引楚商梁者或云楚莊王也聲之誤耳按前二説互異據歌辭有亾

國喪年之說與商梁合

楚商梁

疾雨盈河霹靂下臻洪水浩浩滔厥天鑑趣隆愧隱隱闐闐國將亾兮喪厥年天叶鐵因反年叶知林反

同前　梁簡文帝

來從東海上發自南山陽時聞連鼓響乍散投壺光飛車走四瑞繞電發時祥今去於斯表殺來永傳芳

同前　隋辛德源

出地聲初奮乘乾威更作雲銜天笑明雨帶星精落碎枕神無繞震楹書自若側聞吟白虎遠見飛玄鶴側一作時飛一作犇

走馬引 一曰天馬引崔豹古今注曰走馬引樗里牧恭所作也爲父報怨殺人而亾匿於山之下有天馬夜降圍其室而鳴覺聞其聲以爲追吏奔而亾去明旦視之乃天馬跡也因惕然大悟曰豈吾所處之將危乎遂荷糧而逃入于沂澤中援琴而鼓之爲天馬之聲故曰走馬引也

梁張率

良馬龍爲友玉珂金作羈馳騖宛與洛半驟復半馳倏忽而千里光景不及移九方惜未見薛公寧所知斂轡且歸去吾畏路傷兒 馳騖一作相去

天馬引 陳傅縡

驄色表連錢出冀復來燕取用偏開地爲歌乃號天權奇意欲遠躞蹀勢難前本珍白玉鐙因飾黄金鞭願酬

芻秣寵千里得千年

龍丘引 一曰楚引琴操曰楚引者楚遊子龍丘高所作也龍丘高出遊三年思歸故鄉望楚而長歎故曰楚引

梁簡文帝

龍丘一廻首楚路蒼無極水照弄珠影雲吐陽臺色浦狹村煙度洲長歸鳥息遊蕩逐春心空憐無羽翼

浦狹村煙度

陳張正見

茅蘭夾兩岸野燎燭中川村長合夜影水狹度浮煙收光暗鳥弋分火照漁船山人不炊桂樵華幸共然

雉朝飛操 一曰雉朝雊操揚雄琴清英曰雉朝飛操衞女傅母之所作也衞侯女嫁於齊太子中道聞太子死問傅母曰何如傅母曰且往當喪喪畢不肯歸終之以死傅母悔之取女

所自操琴於冢上鼓之忽二雉俱出墓中傳母撫雉曰女果爲雉耶言未畢俱飛而起忽然不見傳母悲痛援琴作操故曰雉朝飛崔豹古今注曰雉朝飛者犢沐子所作也齊宣王時處士泯宣年五十無妻出薪於野見雉雄雌相隨而飛意動心悲乃仰天歎大聖在上恩及草木鳥獸而我獨不獲因援琴而歌以明自傷其聲中絶魏武帝時宮人有盧女者七歲入漢宮學鼓琴特異於餘妓善爲新聲能傳此曲

郭本又載伯牙琴歌于注今作正書

齊犢沐子

雉朝飛兮鳴相和雌雄羣遊於山阿我獨何命兮未有家時將暮兮可奈何嗟嗟暮兮可奈何叶家

同前　宋鮑照

雉朝飛振羽翼專場挾雌恃彊力媒已驚翳又逼蒿間

潛鼓盧矢直刎繡頸碎錦臆絕命君前無怨色握君手執杯酒意氣相傾死何有雌一作兩

同前　梁簡文帝

晨光照麥畿平野度春翬避鷹時聳角姤壠或斜飛少年從遠役有恨意多違不如隨蕩子羅袂拂臣衣或一作忽

同前　吳均

二月雉朝飛橫行傍壟歸斜看水外翟側聽嶺南翬躞蹀恒欲戰耿耿恃彊威當令君見賞何辭碎錦衣

琴歌此亦非必爲此操以有雉朝飛之語郭本附注　伯牙

麥秀蔪兮雉朝飛向虛壑兮背喬槐依絕區兮臨曲池

鼓琴歌 一曰鼓瑟歌史記曰趙武靈王夢見處女鼓琴而歌興曰王飲酒樂數言所夢想見其狀吳廣聞之因夫人而內其女娃嬴孟姚也孟姚甚有寵於王是爲惠后

美人熒熒兮顏若苕之榮命乎命乎曾無我嬴 秦毋遂曰言有命祿生遇其時人莫知已貴盛盈端也

子桑琴歌 莊子曰子輿與子桑友而霖雨十日子輿曰子桑殆病矣裹飯而往食之至子桑之門則若歌若哭鼓琴云云子輿入曰子之歌聲何故若是曰吾思夫使我至此極者而不得也父母豈欲吾貧哉天地豈私貧我哉然而至此極者命也 子桑

父邪母邪天乎人乎

相和歌 莊子曰子桑戶孟子反子琴張三人相與友子桑戶死未葬孔子使子貢往待事焉或編曲或鼓琴相和而歌

嗟來桑戶乎嗟來桑戶乎而已反其眞而我猶爲人猗

渡易水

一曰荊軻歌史記曰燕太子丹質於秦怨而亾歸使荊軻刺秦王太子及賓客皆白衣冠以送之至於易水之上旣祖取道高漸離擊筑荊軻和而歌爲變徵之聲又前而爲此歌復爲羽聲慷慨士皆瞋目髮盡上指冠於是就車而去樂府廣題曰後人以爲琴中曲按琴操商調有易水曲荊軻所作亦曰渡易水是也

燕荊軻

風蕭蕭兮易水寒壯士一去兮不復還叶

同前

一作荊軻歌

梁吳均

襍虜客來齊時余在角抵揚鞭渡易水直至龍城西日昏笳亂動天曙馬爭嘶不能通瀚海無面見三齊

荊軻歌

陳陽縉

函谷路不通燕將重深功長虹貫白日易水急寒風壯髮危冠下匕首地圖中琴聲不可識遺恨沒秦宮

琴女歌 燕丹子曰荊軻刺秦王右手執匕首左手揕其袖秦王曰今日之事從子計矣乞聽琴聲而死琴女鼓琴琴聲云云王於是奮袖超屏風走之軻不解琴故及於難史記荊軻左手把王之袖而右手持匕首揕之未至身秦王驚自引而起袖絕拔劍劍長操其室時惶急劍堅故不可立拔左右乃曰王負劍負劍遂拔以擊荊軻無琴女事

秦琴女

羅縠單衣可裂而絕三尺屏風可超而越鹿盧之劍可負而拔 裂一作掣 三秦記曰荊軻入秦爲燕太子報讐把秦王衣袂曰寧爲秦地鬼不爲燕地囚王美人彈琴作

語曰云云王因掣衣而走得免與前載小異

三尺羅衣何不掣四面屏風何不越

琴引琴苑要錄曰琴引者秦時倡屠門高之所作也秦爲無道奢淫不制徵天下美女以充後宮乃縱酒離宮作戲倡優宮女侍者千餘人屠門高見宮女幼妙寵麗於是援琴而歌之作爲離[redacted]之操曲未及終琴折柱摧絃音不鳴舍琴而更援他琴以續之

秦屠門高

酒坐俱毋往聽吾琴之所言舒長褎似舞兮乃褕袂何曼奏章而却逢兮願瞻心之所驩借連娟之寒態兮假巵酒酌五般泣喻而妖兮納其聲聲麗顏歌長榆兮歎曰騎美人旖旎紛嬀枻霜羅衣兮羽旄夜褒圭玉珠參

差妙麗兮被雲鬢登高臺兮望青埃常羊啖還何厭兮

歸來字多訛異

偕隱歌琴清英曰祝牧與妻偕隱作琴歌云不詳何代附此

天下有道我黻子佩天下無道我負子戴太平御覽引莊子載祝牧謂其妻曰云云不言琴歌

力拔山操史記曰項王軍壁垓下軍少食盡漢軍及諸侯兵圍之數重夜聞漢軍四面皆楚歌項王乃大驚曰漢皆已得楚乎是何楚人之多也項王則夜起飲帳中有美人名虞常幸從駿馬名騅常騎之迺悲歌忼慨自爲詩歌數闋美人和之項王泣數行下於是乃上馬直夜潰圍南出馳走平明漢軍迺覺之琴集曰力拔山操項羽所作也近世又有虞美人曲亦出於此

西楚項籍

力拔山兮氣蓋世時不利兮騅不逝騅不逝兮可奈何

虞兮虞兮奈若何

項王歌　無名氏

無復拔山力誰論蓋世才欲知漢騎滿但聽楚歌哀悲

看騅馬去泣望艤舟來

答項王楚歌　困學紀聞曰太史公述楚漢春秋其不載於書者正義云項羽歌美人和之是時已爲五言矣五言始於五子之歌行露　虞美人

漢兵已畧地四面楚歌聲大王意氣盡賤妾何聊生　面一

作方

古樂苑卷第三十終

古樂苑卷第三十一

西吴　梅鼎祚　補正
東越　吕胤昌　校閲

琴曲歌辭 漢至隋

大風起

史記曰十二年十月高祖還歸過沛留置酒沛宫悉召故人父老子弟縱酒發沛中兒得百二十人教之歌酒酣高祖擊筑自爲歌詩令兒皆和習之高祖乃起舞忼慨傷懷泣數行下樂書云高祖過沛詩三矦之章令小兒歌之高祖崩令沛得以四時歌舞宗廟索隱云過沛詩即大風歌矦語辭詩曰矦其禕而兮亦語辭詩有三兮故云三矦也漢書禮樂志曰至孝惠時以沛宫爲原廟令歌兒習吹以相和常以百二十人爲員琴操曰大風起漢高帝所作也

漢高帝

大風起兮雲飛揚威加海內兮歸故鄉安得猛士兮守四方

採芝操

琴集曰四皓所作也古今樂錄曰商山四皓隱居高祖聘之四皓不出仰天歎而作歌高士傳曰四皓皆修道潔己非義不動秦始皇時見秦政虐乃退入藍田山而作歌因共入商雒隱地肺山以待天下定及秦敗漢高聞而徵之不至深自匿終南山不能屈己漢書曰四皓皆八十餘鬚眉皓白故謂之四皓即東園公甪里先生綺里季夏黃公也崔鴻曰四皓爲秦博士遭世暗昧坑黜儒術於是退而作此歌亦謂之四皓歌二說不同

四皓

皓天嗟嗟深谷逶迤樹木莫莫高山崔嵬巖居穴處以爲幄茵曄曄紫芝可以療飢唐虞往矣吾當安歸

四皓歌 一曰紫芝之歌 高士傳所載

莫莫高山深谷逶迤曄曄紫芝可以療飢唐虞世遠吾將何歸駟馬高蓋其憂甚大富貴之畏人不如貧賤之肆志 高山一作商洛逶迤一作威夷唐虞世遠吾將何歸一作皇農邈遠余將安歸之並作而肆志一作輕世

八公操 一云淮南操古今樂錄曰淮南好道正月上辛八公來降王作此歌謝希逸琴論曰

八公操淮南王作也神仙傳曰淮南王好道書及方術之士有八公詣門鬚眉皓白王使閽人自以其老難問之八公皆變爲童子年可十四五角髻青絲色如桃花王聞跣而迎登思仙之臺執弟子禮八童子乃復爲老人告王曰吾一人能望致風雨立起雲霧畫地爲江河撮土爲山嶽一人能崩高山塞深泉收虎豹召致蛟龍使役鬼神一人能分形易貌坐存立隱蔽六軍

白日爲暝一人能乘雲步虛越海凌波出入無間呼吸千里一人能入火不灼入水不濡刃射不中冬凍不寒夏曝不汗一人能千變萬化恣意所爲禽獸草木萬物立成移山駐流行宮易室一人能煎泥成金凝鉛爲銀駕龍浮於太清之上安乃日夕朝拜各試所言種種異術無有不效遂授王丹經三十六卷藥成未及服而郎中雷被與伍被共誣稱安謀反天子使宗正持節治之入公謂安曰可以去矣此乃是天之發遣王王若無此事日復一日未能去世也入公使安登山大祭埋金於地即白日昇天時人傳入公安臨去時餘藥置在中庭雞犬舐之盡得昇天故雞鳴天上犬吠雲中也高誘叙云蘇飛李尚左吳田由雷被毛被伍被晉昌入人容齋續筆云唯左吳雷被伍被見於史雷被蓋爲安所斥而亡之長安上書者疑不得爲賓客之賢也

淮南王安

煌煌上天照下土今知我好道公來下今公將與余生

毛羽兮起騰青雲蹈梁甫兮觀見瑤光過北斗兮馳乘風雲使玉女兮含精吐氣嚼芝草兮悠悠將將天相保兮

琴歌 古今樂錄曰霍將軍去病征匈奴有功益封萬五千戶秩祿與大將軍等於是志得意歡而作歌琴操有霍將軍渡河操去病所作也

霍去病

四夷既護諸夏康兮國家安寧樂無央兮載戢干戈弓矢藏兮麒麟來臻鳳皇翔兮與天相保永無疆兮親親百年各延長兮 護一作獲 無一作未

琴歌 史記曰司馬相如與臨邛令王吉相善往舍都亭臨邛中富人卓王孫程鄭爲具召之并召令酒酣臨邛令前奏琴曰竊聞長卿好之願以自娛相如辭謝爲鼓一再行是時卓王孫有

女文君新寡好音故相如繆與令相重而以琴心挑之相如之臨邛從車騎雍容閒雅甚都及飲卓氏弄琴文君竊從戶窺之心悅而好之恐不得當也既罷相如乃使人重賜文君侍者通殷勤文君夜亡奔相如相如乃與馳歸成都藝苑巵言曰長卿靡不穠麗工至琴歌淺稚或一時匆卒或後人傳益

司馬相如

鳳兮鳳兮歸故鄉遨遊四海求其皇時未遇兮無所將何悟今夕兮升斯堂有豔淑女在閨房室邇人遐毒我腸何緣交頸爲鴛鴦胡頡頏兮共翱翔淑女下玉臺有兮字

鳳兮鳳兮從我棲得托孳尾永爲妃交情通體心和諧中夜相從知者誰雙翼俱起翻高飛無感我思使余悲體玉臺作意思一作心

昭君怨

琴操曰昭君齊國王穰女年十七獻之元帝元帝以地遠不之幸積五六年帝每遊後宮常怨不出後單于遣使朝貢帝宴之盡召後宮昭君盛飾而至帝問欲以一女賜單于能者往昭君乃越席請行時單于使在旁驚恨不及昭君至匈奴單于大悅以爲漢與我厚縱酒作樂遣使報漢白璧一雙駿馬十匹胡地珍寶之物昭君恨帝始不見遇乃作怨思之歌單于死子世達立昭君謂之曰爲胡者妻母爲秦者更娶世達曰欲作胡禮昭君乃吞藥而死按漢書匈奴傳曰竟寧中呼韓邪來朝漢歸王昭君號寧胡閼氏呼韓邪死子雕陶莫皐立爲復株絫若鞮單于復妻昭君不言飲藥而死餘詳楚調曲王明君注下題本云怨詩一作怨曠思惟歌

王嬙

秋木萋萋其葉萎黃有鳥處山集于苞桑養育毛羽形容生光既得升雲上遊曲房離宮絕曠身體摧藏志念

抑沈不得頡頏雖得委食心有徊徨我獨伊何來往變常翩翩之燕遠集西羌高山峩峩河水泱泱父兮母兮道里悠長嗚呼哀哉憂心惻傷形一作儀來往變常一作改變厥常

同前一曰昭君辭按昭君怨六朝作者多列楚調獨此二首入琴操不詳所謂今仍從郭本　梁王叔英妻劉氏

一生竟何定萬事最難保丹青失舊儀玉匣成秋草想妾辭關淚至今猶未燥漢使汝南還殷勤爲人道

同前　陳後主

圖形漢宮裏遥聘單于庭狼山聚雲暗龍沙飛雪輕笳吟度隴咽笛轉出關嗚啼妝寒葉下愁眉塞月生只餘

馬上曲猶作別時聲

歸風送遠操 西京雜記曰趙后有寶琴曰鳳皇皆以金玉隱起爲龍鳳螭鸞古賢列女之象亦善爲歸風送遠之操趙飛燕外傳曰帝於太液池作千人舟號合宮之舟池中起爲瀛洲榭高四十尺帝御流波文縠無縫衫后衣南越所貢雲英紫裙碧瓊輕綃廣榭上后歌舞歸風送遠之曲帝以文犀簪擊玉甌令后所愛侍郎馮無方吹笙以倚后歌中流歌酣風大起后順風揚音無方長噏細嫋與相屬后裙髀曰顧我顧我后揚袖曰仙乎仙乎去故而就新寧忘懷乎帝曰無方爲我持后無方捨吹持后履久之風霽后泣曰帝恩我使我仙去不待悵然曼嘯泣數行下帝益愧愛后賜無方千萬入后房闥他日宮姝幸者或襞裙爲縐號曰留仙裙

漢趙飛燕

涼風起兮天隕霜懷君子兮渺難望感予心兮多慨慷

蔡氏五弄

琴歷曰琴曲有蔡氏五弄琴集曰五弄遊春淥水幽居坐愁秋思並宮調蔡邕所作也琴書曰邕性沈厚雅好琴道嘉平初入青溪訪鬼谷先生所居山有五曲一曲製一弄山之東曲常有仙人遊故作遊春南曲有澗冬夏常淥故作淥水中曲即鬼谷先生舊所居也深邃岑寂故作幽居北曲高巖猨鳥所集感物愁坐故作坐愁西曲灌木吟秋故作秋思三年出示馬融甚異之琴議曰隋煬帝以嵇氏四弄蔡氏五弄通謂之九弄

淥水曲

齊江奐

塘上蒲欲齊汀洲杜將歇春心既易蕩春流豈難越桂檝及晚風菱江映初月芳香若可贈爲君步羅襪

同前

梁吴均

香暧金堤滿湛淡春塘溢巳送行臺花復倒高樓日

同前二首　江洪

塵容不忍飾臨池客未歸誰能別淥水全取浣羅衣客未歸一作思客歸別玉臺作取全取玉臺作無趣

潺湲復皎潔輕鮮自可悅橫使有情禽照影遂孤絕

胡笳十八拍後漢書曰蔡琰字文姬邕之女也博學有才辯又妙於音律適河東衛仲道夫亡無子歸寧于家興平中天下喪亂文姬沒於南匈奴在胡中十二年生二子曹操痛邕無嗣乃遣使者以金璧贖之而重嫁陳留董祀後感傷亂離追懷悲憤作詩二章蔡琰別傳曰漢末大亂琰爲胡騎所獲在右賢王部伍中春月登胡殿感笳之音作詩言志曰胡笳動兮邊馬鳴孤鴈歸兮聲嚶嚶唐劉商胡笳曲序曰蔡文姬善琴能爲離鸞別鶴之操胡虜犯中原爲胡人所掠入番爲王后王甚重之武帝與邕有舊敕大將軍贖以歸漢胡人思慕文姬乃捲蘆

葉爲吹笳奏哀[redacted]之音後董生以琴寫胡笳聲爲十八拍今之胡笳弄是也琴集曰大胡笳十八拍小胡笳十九拍並蔡琰作按蔡翼琴曲有大小胡笳十八拍沈遼集世名流家聲小胡笳又有契聲一拍共十九拍謂之祝家聲祝氏不詳何代人李良輔廣陵止息譜序曰契者明會合之至理殷勤之餘也李肇國史補曰唐有董庭蘭善沈聲祝聲蓋大小胡笳云藝苑卮言曰胡笳十八拍軟語似出閨襜而中雜唐調非文姬筆也與木蘭頗類又如殺氣朝朝衝塞門胡風夜夜吹邊月全是唐律

第一拍　漢蔡琰

我生之初尚無爲我生之後漢祚衰天不仁兮降亂離地不仁兮使我逢此時干戈日尋兮道路危民卒流亡兮共哀悲煙塵蔽野兮胡虜盛志意乖兮節義虧對殊

俗兮非我宜遭惡辱兮當告誰笳一會兮琴一拍心潰死兮無人知潰死一作憤怨

第二拍

戎羯逼我兮為室家將我行兮向天涯雲山萬重兮歸路遐疾風千里兮揚塵沙人多暴猛兮如虺蛇控弦被甲兮為驕奢兩拍張懸兮弦欲絕志摧心折兮自悲嗟虺一作蟲

第三拍

越漢國兮入胡城亡家失身兮不如無生氈裘為裳兮骨肉震驚羯羶為味兮枉遏我情鞞鼓喧兮從夜達明

胡風浩浩兮暗塞營傷今感昔兮三拍成銜悲畜恨兮何時平暗塞營一作暗塞昏營

第四拍

無日無夜兮不思我鄉土稟氣含生兮莫過我最苦天災國亂兮人無主唯我薄命兮沒我虜俗殊心異兮身難處嗜慾不同兮誰可與語尋思涉歷兮多艱阻四拍成兮益悽楚多一作何

第五拍

鴈南征兮欲寄邊心鴈北歸兮為得漢音鴈飛高兮邈難尋空腸斷兮思愔愔攢眉向月兮撫雅琴五拍泠泠

兮意彌深心一作聲

第六拍

氷霜凛凛兮身苦寒飢得肉酪兮不能飡夜聞隴水兮聲嗚咽朝見長城兮路杳漫追思往日兮行李難六拍悲來兮欲罷彈

第七拍

日暮風悲兮邊聲四起不知愁心兮說向誰是原野蕭條兮烽戍萬里俗賤老弱兮少壯爲美逐有水草兮安家葺壘牛羊滿野兮聚如蜂蟻草盡水竭兮羊馬皆徙七拍流恨兮惡居於此野一作地

第八拍

爲天有眼兮何不見我獨漂流爲神有靈兮何事處我天南海北頭我不負天兮天何配我殊匹我不負神兮神何殛我越荒州製兹八拍兮擬俳優何知曲成兮轉悲愁

第九拍

天無涯兮地無邊我心愁兮亦復然人生倏忽兮如白駒之過隙然不得歡樂兮當我之盛年怨兮欲問天天蒼蒼兮上無緣舉頭仰望兮空雲煙九拍懷情兮誰爲傳（爲一作與）

第十拍

城頭烽火不曾滅疆場征戰何時歇殺氣朝朝衝塞門胡風夜夜吹邊月故鄉隔兮音塵絶哭無聲兮氣將咽一生辛苦兮緣離別十拍悲深兮淚代血

第十一拍

我非貪生而惡死不能捐身兮心有以生仍冀得兮歸桑梓死當埋骨兮長已矣日居月諸兮在戎壘胡人寵我兮有二子鞠之育之兮不羞耻愍之念之兮生長邊鄙十有一拍兮因兹起哀響纒緜兮徹心髓（仍冀一作乃既日居月諸一作日月居諸）

第十二拍

東風應律兮暖氣多漢家天子兮布陽和羌胡蹈舞兮共謳歌兩國交歡兮罷兵戈忽逢漢使兮稱近詔遣千金兮贖妾身喜得生還兮逢聖君嗟別二子兮會無因十有二拍兮哀樂均去住兩情兮難具陳蹈一作踏逢一作遇難一作誰漢家上一有知是二字

第十三拍

不謂殘生兮却得旋歸撫抱胡兒兮泣下霑衣漢使迎我兮四牡騑騑號失聲兮誰得知與我生死兮逢此時愁爲子兮日無光輝焉得羽翼兮將汝歸一步一遠兮

足難移魂消影絕兮恩愛遺十有三拍兮弦急調悲肝腸攪刺兮人莫我知號失聲兮一作胡兒號兮

第十四拍

身歸國兮兒莫知隨心懸懸兮長如飢四時萬物兮有盛衰唯我愁苦兮不暫移山高地濶兮見汝無期更深夜闌兮夢汝來斯夢中執手兮一喜一悲覺後痛吾心兮無休歇時十有四拍兮涕淚交垂河水東流兮心是思我一作有

第十五拍

十五拍兮節調促氣填胷兮誰識曲處穹廬兮偶殊俗

願得歸來兮天從欲再還漢國兮歡心足心有憶兮愁轉深日月無私兮曾不照臨子母分離兮意難任同天隔越兮如商參生死不相知兮何處尋（願下一無得字憶一作懷）

第十六拍

十六拍兮思茫茫我與兒兮各一方日東月西兮徒相望不得相隨兮空斷腸對萱草兮徒想憂忘彈鳴琴兮情何傷今別子兮歸故鄉舊怨平兮新怨長泣血仰頭兮訴蒼蒼胡爲生我兮獨罹此殃（一無我字）

第十七拍

十七拍兮心鼻酸關山阻脩兮行路難去時懷土兮心

無緒來時別兒兮思漫漫塞上黃蒿兮枝枯葉乾沙場白首兮刀痕箭瘢風霜懍懍兮春夏寒人馬飢隧兮筋力單豈知重得兮入長安歎息欲絕兮淚闌干筋力一作骨肉

第十八拍

胡笳本自出胡中緣琴翻出音律同十八拍兮曲雖終響有餘兮思無窮是知絲竹微妙兮均造化之功哀樂各隨人心兮有變則通胡與漢兮異域殊風天與地隔兮子西母東苦我怨氣兮浩於長空六合雖廣兮受之應不容無一作未

胡笳曲

宋吳邁遠

輕命重意氣古來豈但今緩頰獻一說揚眉受千金邊風落寒草鳴笳墜飛禽越情結楚思漢耳聽胡音旣懷離俗傷復悲朝光侵日當故鄉沒遙見浮雲陰

同前（此似讖詩）　梁陶弘景

自負飛天歷與奪徒紛紜百年三五代終是甲辰君（自負郭作負辰一作自戾三一作四）

同前　二首　江洪

藏器欲逢時年來不相讓紅顏征戍兒白首邊城將（逢一作邀）

落日慘無光臨河獨飲馬飈颶夕風高聯翩飛鴈下

琴思楚歌　漢王逸

盛陰脩夜何難曉思念糾戾腸摧繞時節晚暮年齒老冬夏更運去若頹寒來暑往難逐追形容減少顏色虧時忽晻晻若鶩馳意中私喜施用爲內無所恃失本義志願不得心肝沸憂懷感結重歎噫歲月已盡去奄忽亡官失祿去家室思想君命幸復位久處無成卒放弃

於忽操　三章　漢龐德公

於忽乎不可以爲其又奚爲離婁之精夜何有於明師曠之耳聾者亦有爾東王良之手兮後車載之前行險既以覆兮後逐逐其猶來雖目盼而心駭兮顧其能之

安施委繩墨以聽人兮雖班輸亦奚以爲於忽乎不可以爲其又奚爲椽櫨桷榱之累重顧柱小之奈何方風雨之晦陰行者艱而莫休居者坐而笑歌不知壓之忽然兮其謂安何於忽乎不可以爲其又奚爲謂雞斯飛誰得而羈謂豕斯突何取於縛是皆以食而得之吾於飢而後噫雞兮豕兮豕以是兮

琴歌

魏文士傳曰太祖雅聞瑀名辟之不應乃逃入山中太祖使人焚山得瑀太祖時征長安大延賓客怒瑀不與語使就技人列瑀善解音能鼓琴撫絃而歌爲曲既捷音聲殊妙太祖大悅裴松之注曰案魚氏典畧摯虞文章志並云瑀建安初辭疾避役不爲曹洪屈得太祖召即

投杖而起不得有焚山乃出之事又典畧載太祖初征荆州使瑀作書與劉備及征馬超又使瑀作書與韓遂太祖始以十六年得入關耳而張隲云初得瑀時太祖在長安此又乖戾瑀以十七年卒太祖十八年策爲魏公而云瑀歌舞辭稱大魏愈知其妄又其辭云他人焉能亂了不成語瑀之吐屬必不如此

魏阮瑀

奕奕天門開大魏應期運青蓋巡九州在東西人怨士爲知巳死女爲悅者玩恩義苟潛暢他人焉能亂

琴歌 晉書載記曰苻堅分氐戶於諸鎮趙整因侍援琴而歌堅笑而不納及敗於姚萇至是整言驗矣

前秦趙整 下同

阿得脂阿得脂博勞舊父是仇綏尾長翼短不能飛遠徙種人留鮮卑一旦緩急語阿誰

琴歌二首郭茂倩引晉書曰苻堅末年怠於爲政趙整援琴作歌二章以諷整一名正按高僧傳曰正性好幾諫無所廻避苻堅末年寵惑鮮卑惰於治政正因歌諫曰昔聞孟津河堅動容曰是朕也又歌曰北園有一樹堅笑曰將非趙文業耶其題本云諷諫詩且無援琴之説今從附入

昔聞孟津河千里作一曲此水本自清是誰攪令濁攪令拾遺作亂使

北園有一樹布葉垂重陰外雖饒棘刺內實有赤心一拾遺作棗饒一作多

宛轉歌二首一曰神女宛轉歌續齊諧記曰晉有王敬伯者會稽餘姚人少好學善鼓琴年十八仕於東宮爲衞佐休假還鄉過吳維舟中渚登亭望月悵然有懷乃倚琴歌泫露之詩俄

聞戶外有嗟賞聲見一女子雅有容色謂敬伯曰女郎悅君之琴願共撫之敬伯許焉既而女郎至姿質婉麗綽有餘態從以二少女一則向先至者女郎乃撫琴揮絃調韻哀雅類今之登歌曰古所謂楚明君也唯嵇叔夜能爲此聲自茲已來傳習數人而已復鼓琴歌遲風之詞因歎息久之乃命大婢酌酒小婢彈箜篌作宛轉歌女郎脫頭上金釵扣琴弦而和之意韻繁諧歌凡八曲敬伯唯憶二曲將去留錦臥具繡香囊并佩一雙以遺敬伯敬伯報以牙火籠玉琴軫女郎悵然不忍別且曰深閨獨處十有六年矣邂逅旅館盡平生之志蓋冥契非人事也言竟便去敬伯船至虎牢戍吳令劉惠明者有愛女早世舟中亡臥具於敬伯船獲焉敬伯具以告果於帳中得火籠琴軫女郎名妙容字雅華大婢名春條年二十許小婢名桃枝年十五皆善彈箜篌及宛轉歌相繼俱卒按此宜入鬼詩姑從郭本 晉劉妙容

月既明西軒琴復清寸心斗酒爭芳夜千秋萬歲同一

情歌宛轉宛轉淒以哀願爲星與漢光影共徘徊
悲且傷參差淚成行低紅掩翠方無色金徽玉軫爲誰
鏘歌宛轉宛轉情復悲願爲煙與霧氛氳對容姿成一作裳

同前　陳江摠

七夕天河白露明八月濤水秋風驚樓中恒聞哀響曲
塘上復有苦辛行不解何意悲秋氣直置無秋悲自生
不怨前堦促織鳴偏愁別路擣衣聲別鷰差池自有返
離蟬寂寞詎含情雲聚懷情四望臺月冷相思九重觀
欲題芍藥詩不成來采芙蓉花已散金樽送曲韓娥起
玉柱調弦楚妃歎翠眉結恨不復開寶鬢迎秋度前亂

湘妃拭淚灑貞筠筴藥浣衣何處人步步香飛金薄履
盈盈扇掩珊瑚唇已言采桑期陌上復能解佩就江濱
競入華堂要花枕爭開羽帳奉華茵不惜獨眠前下釣
欲許便作後來薪後來瞑瞑同玉牀可憐顏色無比方
誰能巧笑特窺井乍取新聲學繞梁宿處留嬌墮黃珥
鏡前含笑弄明璫卷蓰摘心心不盡茱萸折葉葉更芳
已聞能歌洞簫賦詎是故愛邯鄲倡便一作別卷一作採

秋風玉臺題云古意贈今人鮑令暉作郭本無誰爲以下六句自此以下多不詳曲所由起故但以作者爲次白雪秋竹本爲古曲白雪諸說互異秋竹特見諷賦亦不言始自何時且其六古辭並亡惟齊徐孝嗣謝朓擬作而已今從次入

宋吳邁遠

寒鄉無異服衣氈代文練日月望君歸年年不解綎荆
揚春早和幽冀猶霜霰北寒妾已知南心君不見誰爲
道辛苦寄情雙飛燕形迫杼煎絲顏落風催電容華一
朝改唯餘心不變衣氈一作氈褐

同前　湯惠休

秋風嫋嫋入曲房羅帳含月思心傷蟋蟀夜鳴斷人腸
長夜思君心飛揚他人相思君相忘錦衾瑤席爲誰芳

同前二首　梁江洪

先拂連雲臺龍入迎風殿已拆池中荷復驅簷裏燕
北牖風摧樹南籬寒蟲吟庭中無限月思歸夜鳴砧

孀婦悲四時況在秋閨内凄葉留晚蟬虚庭吐寒菜

楚朝曲　宋吴邁遠

白雲縈藹荆山阿洞庭縱横生白波幽芳遠客悲如何繡被掩口越人歌壯年流瞻襄成和清貞空情感電過初同末異憂愁多窮巷惻愴沉汨羅延思萬里挂長河翺鷩漢陰動湘娥生白波一作日生波

楚明妃曲前已有昭君怨不知此亦同否　宋湯惠休

瓊臺彩楹桂寢雕甍金閨流耀玉牖含英香芬幽藹珠綵珍縈文羅秋翠紈綺春輕驂駕鸞鶴往來仙靈含姿綿視微笑相迎結蘭枝送目成當年爲君榮

白雪歌

張華博物志曰白雪者太帝使素女鼓五十弦琴曲名也謝希逸琴論曰劉涓子善鼓琴制陽春白雪曲琴集曰白雪師曠所作商調曲唐書樂志曰白雪周曲也高宗顯慶二年太常言白雪琴曲本宜合歌今依琴中舊曲以御製雪詩爲白雪歌辭又古今樂府奏正曲之後皆別有送聲乃取侍臣許敬宗等和詩以爲送聲各十六節六年二月呂才造琴歌白雪等曲帝亦著歌辭十六章皆著于樂府以上各說不同按嵇康琴賦楊白雪發清角注止引宋玉不復如前所云孝嗣齊人今但次于宋後按白雪一作楚曲

齊徐孝嗣

風閨晚翻靄月殿夜凝明願君早流盼無令春草生流一作留

同前

梁朱孝廉

凝雲沒霄漢從風飛且散聯翩避幽谷徘徊依井幹既興楚客謠亦動周王歎所恨輕寒早不迨陽春旦陽春一作春光

秋竹曲 宋玉諷賦曰臣復援琴鼓之爲秋竹積雪之曲 齊謝朓

㛹娟綺牕北結根未參差從風既裊裊映日頗離離欲求棗下吹別有江南枝但能凌白雪貞心蔭曲池

雙燕離 琴集曰獨處吟流澌咽雙燕離處女吟四曲其詞俱亾琴歷曰河間新歌二十一章此其四曲也藝文作雙燕詩 梁簡文帝

雙燕有雄雌照日兩差池銜花落北戶逐蝶上南枝桂棟本曾宿虹梁早自窺願得長如此無令雙燕離

同前　　沈君攸

雙燕雙飛雙情相思容色已改故心不衰雙入幙雙出帷秋風去春風歸幙上危雙燕離銜羽一別涕泗垂夜夜孤飛誰相知左回右顧還相慕翩翩桂水不忍渡懸目挂心思越路縈鬱摧折意不泄願作鏡鸞相對絕一作孤鸞鏡中絕又作對鏡絕

湘夫人　劉向列女傳曰堯二女娥皇女英以妻舜既爲天子死于蒼梧二妃歿江湘之間俗謂之湘君王逸楚辭注曰二女隨帝不反墮于湘水之渚因爲湘夫人琴操有湘妃怨又有湘夫人曲郭氏樂府以其舜妃遂附于南風操後然此曲寔未詳所起今惟依沈約世次且九歌有湘夫人亦僅附楚郭至謂娥皇正妃爲湘君女英宜降爲夫人者甚謬

湘夫人　梁沈約

瀟湘風已息沅澧復安流揚蛾一含睇嬗娟好且脩捐玦置澧浦解佩寄中洲

同前　王僧孺

桂棟承薜帷眇眇川之湄白蘋徒可望綠芷竟空滋日暮思公子銜意嘿無辭

綠竹　梁吳均

嬋娟鄣綺殿繞弱拂春漪何當逢採拾爲君笙與篪

飛龍引　隋蕭慤

河曲銜圖出江上負舟歸欲因作雨去還逐景雲飛引

商吹細管下徵況長徽持此淒清引春夜舞羅衣

成連列子曰伯牙學琴于成連詳水仙操注按此曲言征夫遠役與前說無與　　隋辛德源

征夫從遠役歸望絕雲端蓑笠城踰壞桑落梅初寒雪夜然烽濕氷朝飲馬難寂寂長安信誰念客衣單

婬佚曲沸大作此曲彈琴以兆史見也　　隋僧沸大

煌煌鬱金生于野田過時不採宛見棄捐曼爾豐穠華色惟新與我同歡

古樂苑卷第三十一　終

古樂苑卷第三十二

西吳 梅鼎祚 補正
東越 呂胤昌 校閱

襍曲歌辭

宋書樂志曰古者天子聽政使公卿大夫獻詩耆艾修之而後王斟酌焉然後被於聲於是有採詩之官周室下衰官失其職漢魏之世歌詠襍興而詩之流乃有八名曰行曰引曰歌曰謠曰吟曰詠曰怨曰歎皆詩人六義之餘也至其協聲律播金石而總謂之曲若夫均奏之高下音節之緩急文辭之多少則繫乎作者才思之淺深與其風俗之薄厚當是時如司馬相如曹植之徒所爲文章深厚爾雅猶有古之遺風焉自晉遷江左下逮隋唐德澤寖微風化不競去聖逾遠繁音日滋[redacted]曲興於南朝胡音生於北俗哀淫靡曼之辭迭作竝起流而忘反以至陵夷由是新聲熾而雅音廢矣昔

晉平公説新聲而師曠知公室之將卑李延年善
爲新聲變曲而聞者莫不感動其後元帝自度曲
被聲歌而漢業遂衰曹妙達等改易新聲而隋文
不能救嗚呼新聲之感人如此是以爲世所貴雖
沿情之作或出一時而聲辭淺迫少復近古故蕭
齊之將亾也有伴侶高齊之將亾也有無愁陳之
將亾也有玉樹後庭花隋之將亾也有泛龍舟所
謂煩手淫聲爭新怨哀此又新聲之弊也襍曲者
歷代有之或心志之所存或情思之所感或宴游
懽樂之所發或憂愁憤怨之所興或敘離別悲傷
之懷或言征戰行役之苦或緣於佛老或出自夷
虜兼收備載故揔謂之襍曲自秦漢已來數千百
歲文人才士作者非一干戈喪亂亾失旣多聲辭
不具故有名存義亾不見所起而有古辭可考者
則若傷歌行生別離長相思棗下何纂纂之類是
也復有不見古辭而後人斷有擬述可以槩見其
義者則若出自薊北門結客少年場秦王卷衣半
渡溪空城雀齊謳吳趨會吟悲哉之類是也又如
漢阮瑀之駕出北郭門曹植之惟漢苦思欲遊南
山事君車已駕桂之樹等行磐石驅車浮萍種葛

吁嗟鰕䱇等篇傅玄之雲中白子高前有一樽酒鴻鴈生塞北行昔君飛塵車遥遥篇陸機之置酒篇王循之晨風鮑照之鴻鴈如此之類其篇甚多或因意命題或學古叙事其辭具在不復備論郭氏樂府所列襍曲稍似類從實多錯紊今編但依世次代以統人人以統篇别有擬作仍附其後

西漢

東漢

楚歌

一作鴻鵠歌史記留侯世家曰上欲廢太子立戚夫人子趙王如意呂后乃使建成侯呂澤劫留侯爲畫計留侯曰此難以口舌爭也顧上有不能致者天下有四人四人者年老矣皆以爲上慢侮人故逃匿山中義不爲漢臣然上高此四人今公誠能無愛金玉璧帛令太子爲書卑辭安車因使辯士固請宜來來以爲客時時從入朝令上見之則必異而問之上知此四人賢則一助也於是呂后迎此四人十二年上從擊破布軍歸疾益甚愈欲易太子及燕置酒太子侍四人從太子年皆八十有餘鬚眉皓白衣冠甚偉上怪之問曰彼何爲者四人前對各

言名姓曰東園公甪里先生綺里季夏黃公上乃大驚曰吾求公數歲公辟逃吾今公何自從吾兒游乎四人皆曰陛下輕士善罵臣等義不受辱故恐而亡匿竊聞太子爲人仁孝恭敬愛士天下莫不延頸欲爲太子死者故臣等來耳上曰煩公幸卒調護太子四人爲壽已畢趨去上目送之召戚夫人指示四人者曰我欲易之彼四人輔之羽翼已成難動矣呂后眞而主矣戚夫人泣上曰爲我楚舞吾爲若楚歌歌數闋戚夫人噓唏流涕上起去罷酒竟不易太子

漢高帝

鴻鵠高飛一舉千里羽翮已就橫絕四海橫絕四海當可奈何雖有矰繳尚安所施翮一作翼當漢書作又尚一作將

春歌一作永巷歌漢書外戚傳曰高帝得定陶戚姬愛幸生趙隱王如意惠帝立呂后爲皇太后廼令永巷囚戚夫人髡鉗衣赭衣令舂戚夫人舂且歌太后聞之大怒曰乃欲倚女子邪召

趙王誅之戚夫人遂有人彘之禍

漢戚夫人

子爲王母爲虜終日舂薄暮常與死爲伍相離三千里當誰使告女

幽歌

漢書列傳曰趙幽王友高帝諸姬子初封淮陽王呂太后徙爲趙王孝惠時友以諸呂女爲后不愛愛它姬諸呂女讒之於太后曰呂氏安得王太后百歲後吾必擊之太后怒召趙王置邸令衛圍守之趙王餓乃作歌遂幽死

漢趙王友

諸呂用事兮劉氏微迫脅王侯兮彊授我妃我妃既妬兮誣我以惡讒女亂國兮上曾不寤我無忠臣兮何故弃國自決中野兮蒼天與直于嗟不可悔兮寧早自賊爲王餓死兮誰者憐之呂氏絶理兮託天報仇臣一作良

耕田歌 耕一作種史記齊王世家曰諸呂擅權用事朱虛侯劉章忿劉氏不得職嘗入侍宴太后令爲酒吏章自請曰臣將種也請以軍法行酒太后曰可酒酣章進飲歌舞請爲耕田歌頃之諸呂有一人醉亡酒章追拔劍斬之太后大驚業已許其軍法無以罪也

漢朱虛侯章

深耕穊種立苗欲疏非其種者鋤而去之 種一作類

瓠子歌 二首漢書武帝紀曰元封二年四月作瓠子歌溝洫志曰帝既封禪乃發卒數萬人塞瓠子決河還自臨祭湛白馬玉璧令羣臣從官皆負薪塞決河時東郡燒草以故薪少乃下淇園之竹以爲楗上既臨河決悼其功之不就爲作歌詩二章於是卒塞瓠子築宮其上名曰宣防

漢武帝

瓠子決兮將奈何浩浩洋洋兮慮殫爲河殫爲河兮地

不得寧功無已時兮吾山平吾山平兮鉅野溢魚弗鬱
兮柏冬日正道弛兮離常流蛟龍騁兮放遠遊歸舊川
兮神哉沛不封禪兮安知外爲我謂河伯兮何不仁泛
濫不止兮愁吾人齧桑浮兮淮泗滿久不返兮水維緩
浩浩洋洋一作皓皓旰旰放一作方我謂河伯兮何不仁一作皇爲河公兮何不仁吾山之吾音魚齧桑縣名
河湯湯兮激潺湲北渡回兮迅流難搴長茭兮湛美玉
河伯許兮薪不屬薪不屬兮衛人罪燒蕭條兮噫乎何
以禦水隤林竹兮楗石菑宣防塞兮萬福來湛讀曰沈伯一作公
菑側其反

秋風辭漢武帝故事曰帝行幸河東祠后土顧視帝京忻然中流與羣臣飲讌帝歡甚乃自

作秋風辭　漢武帝

秋風起兮白雲飛草木黃落兮雁南歸蘭有秀兮菊有芳懷佳人兮不能忘汎樓船兮濟汾河橫中流兮揚素波簫鼓鳴兮發棹歌歡樂極兮哀情多少壯幾時兮奈老何

李夫人歌　漢書外戚傳曰夫人早卒帝思念不已方士齊人少翁言能致其神迺夜張燈燭設帷帳陳酒肉而令帝居帷帳遙望見好女如李夫人之貌還幄坐而步又不得就視帝愈益相思悲感爲作詩令樂府諸音家絃歌之　漢武帝

是邪非邪立而望之偏何姍姍其來遲　偏一作翩

落葉哀蟬曲　王子年拾遺記曰漢武帝思懷李夫人時始穿昆靈之池汎翔禽之舟帝

自造歌曲使女伶歌之時日已西傾涼風激水
女伶歌聲甚遒因賦落葉哀蟬之曲藝苑卮言
云落葉哀蟬
疑是贋作　漢武帝

羅袂兮無聲玉墀兮塵生虛房冷而寂寞落葉依於重
扃望彼美之女兮安得感余心之未寧

悲愁歌　漢書西域傳曰武帝元封中遣江都王建
女細君爲公主以妻烏孫王昆莫公主至
其國自治宮室居歲時一再與昆莫會置酒
飲食昆莫年老言語不通公主悲乃自作歌
漢烏孫公主

吾家嫁我兮天一方遠託異國兮烏孫王穹廬爲室兮
氈爲牆以肉爲食兮酪爲漿居常土思兮心內傷願爲
黃鵠兮歸故鄉

黃鵠歌 西京雜記曰始元元年黃鵠下太液池帝爲此歌 漢昭帝

黃鵠飛兮下建章羽肅肅兮行蹌蹌金爲衣兮菊爲裳唼喋荷荇出入蒹葭自顧菲薄愧爾嘉祥 菲薄一作薄德

淋池歌 拾遺記曰昭帝始元元年穿淋池廣千步東引太液之水池中植分枝荷一莖四葉狀如駢蓋花葉雜萎芬馥之氣徹十餘里宮人貪之每遊宴出入必皆含嚼或剪以爲衣或折以蔽日以爲戲弄帝時命水嬉以文梓爲船木蘭爲柂刻飛鸞翔鷁飾於船首隨風輕漾畢景忘歸乃至通夜使宮人歌曰 漢昭帝

秋素景兮泛洪波揮纖手兮折芰荷涼風凄凄揚棹歌雲光開曙月低河萬歲爲樂豈云多 亦見三輔黃圖

燕王歌 漢書列傳曰昭帝時旦爲燕王自以爲武帝子且長不得立乃與旦姊蓋長公主左

將軍上官桀交通謀廢帝迎立舍人父燕倉知其謀告之由是發覺王憂懣置酒萬載宮會賓客羣臣妃妾坐飲王自歌華容夫人起舞坐者皆泣天子使使者賜璽書王以綬自絞後夫人隨旦自殺者二十餘人

漢燕王旦

歸空城兮狗不吠雞不鳴橫術何廣廣兮固知國中之無人

華容夫人歌

髮紛紛兮寘渠骨籍籍兮亡居母求死子兮妻求死夫裴回兩渠間兮君子獨安居獨一作將

瑟歌 漢書外傳曰廣陵厲王胥武帝第五子昭帝時胥見帝年少無子有覬欲心迎女巫李女須使下神呪詛宣帝即位呪詛事發覺天子遣廷尉大鴻臚即訊胥置酒顯陽殿召太子霸及

子女等夜飲使所幸鼓瑟歌舞王自歌左右悉涕泣奏酒至雞鳴時罷以綬自絞死

漢廣陵王胥

欲久生兮無終長不樂兮安窮奉天期兮不得須臾千里馬兮駐待路黃泉下兮幽深人生要死何爲苦心何用爲樂心所喜出入無悰爲樂亟蒿里召兮郭門閱死不得取代庸身自逝閼一作閱

歌二首

漢書列傳曰廣川王去以陽城昭信爲后幸姬陶望卿爲脩靡夫人主繒帛崔脩成爲明貞夫人主永巷後昭信譖望卿失寵去與昭信等飲諸婢皆侍去爲望卿作歌曰背尊章使美人相和歌之竟殺望卿昭信欲擅愛曰王使明貞夫人主諸姬淫亂難禁乃盡閉諸姬舍門上籥於后非大置酒召不得見去憐之爲作歌曰愁莫愁令昭信聲鼓爲節以教諸姬歌之

歌罷輒歸永巷封門　漢廣川王去

背尊章嫖以忽謀屈奇起自絕行周流自生患諒非望今誰怨

望卿歌

愁莫愁生無聊心重結意不舒內茀鬱憂哀積上不見天生何益日崔隤時不再願弃軀死無悔

脩成歌

據地歌　東方朔爲郎常侍中人皆以爲狂朔曰如朔所謂避世於朝廷間者也古之人乃避世於深山中時坐席中酒酣據地歌曰　漢東方朔

陸沉於俗避世金馬門宮殿中可以避世全身何必深山之中蒿蘆之下

延年歌　漢書李延年性知音善歌舞武帝愛之侍上起舞歌曰上歎息曰世豈有此人乎平

陽主因言延年有女弟上召見之實妙麗善舞由是得幸 漢李延年

北方有佳人絶世而獨立一顧傾人城再顧傾人國寧不知傾城與傾國佳人難再得

別歌 漢書列傳曰昭帝即位數年匈奴與漢和親漢使求蘇武等單于許武還李陵置酒賀武曰異域之人一別長絶因起舞而歌泣下數行遂與武決 漢李陵

徑萬里兮度沙漠為君將兮奮匈奴路窮絶兮矢刃摧士衆滅兮名已隤老母已死雖欲報恩將安歸

拊缶歌 漢書宣帝時霍氏謀反惲先以聞封平通侯與太僕戴長樂相失長樂告惲罪免為庶人惲家居治產業起室宅友人安定太守西河孫會宗與惲書諫戒之惲宰相子語言見廢內懷不服乃答會宗書云田家作苦歲時伏臘烹羊炰羔斗酒自勞家本秦也能為秦聲婦趙

女也雅善鼓瑟奴婢歌者數人酒後耳熱仰天拊缶而呼烏烏其詩曰

漢楊惲

田彼南山蕪穢不治種一頃豆落而爲萁人生行樂耳須富貴何時

東漢 招商歌 拾遺記曰靈帝初平三年遊於西園起裸遊館千間采綠苔而被堦引渠水以繞砌周流澄徹乘船遊漾選玉色宮人執篙楫又奏招商之曲以來凉風歌曰

漢靈帝

凉風起兮日照渠青荷晝偃葉夜舒惟日不足樂有餘清絲流管歌玉鳧千年萬歲嘉難踰 拾遺記渠中植蓮大如蓋長一丈南國所獻其葉夜舒晝卷名夜舒荷玉鳧曲名

弘農王歌 袁山松後漢書曰董卓廢少帝爲弘農王立陳留王爲帝置弘農王于閣上初平元年春正月使郎中令李儒進鴆曰服此辟惡王曰此必是毒也弗肯强之於是王與唐姬及宫人共飲酒王自歌曰云云唐姬起舞歌曰云云因泣下坐者噓欷不自勝王謂唐姬曰卿故王者妃勢不復爲吏民妻也行矣自愛從此長辭遂飲鴆死時年十八

漢弘農王辯

天道易兮我何艱棄萬乘兮退守藩逆臣見迫兮命不延逝將棄兒兮適幽玄 守藩一作宫藩 兒一作汝

唐姬歌

皇天崩兮后土頹身爲帝王兮命天摧死生路異兮從此乖悼我煢獨兮中心哀 悼一作奈 中心哀一作心中哀

五噫歌後漢書曰梁鴻東出關過京師作五噫之歌肅宗聞而惡之求鴻不得一云登北邙山作五噫之歌　漢梁鴻

陟彼北芒兮噫顧瞻帝京兮噫宮闕崔嵬兮噫民之劬勞兮噫遼遼未央兮噫芒一作邙瞻一作覽

武溪深行一曰武陵深行崔豹古今注曰武溪深馬援南征之所作也援門生爰寄生善吹笛援作歌令寄生吹笛以和之名曰武溪深　漢馬援

滔滔武溪一何深鳥飛不度獸不能臨嗟哉武溪兮多毒淫能一作敢一無兮字

同前　梁劉孝勝

武溪深不測水安舟復輕暫侶莊生釣還滯鄂君行櫂

歌爭後發譟鼓逐前征泰上山川險黔中木石并林巠秋籟急猿哀夜月鳴澄源本千仞回峰忽萬縈昭潭讓無底太華推削成日落野通氣目極悵餘情下流曾不濁長邁寂無聲羞學滄浪水濯足復濯纓木石并一作水石清濯纓一作沾纓

莋都夷歌

莋都夷者武帝所開以爲莋都縣後漢書西南夷傳曰明帝時益州刺史朱輔宣示漢德威懷遠夷自汶山以西前世所不至正朔所未加白狼槃木等百餘國皆舉種稱臣奉貢白狼王唐菆作詩三章歌頌漢德輔使譯而獻之丹鉛閏錄曰白狼王歌詩音韻與漢無異可疑也藝苑巵言曰夷語有長短何以皆四言盖益都太守代爲之也

白狼王唐菆

遠夷樂德歌

大漢是治與天合意吏譯平端不從我來聞風向化所見奇異多賜繒布甘美酒食昌樂肉飛屈伸悉備蠻夷貧薄無所報嗣願主長壽子孫昌熾

遠夷慕德歌

蠻夷所處日入之部慕義向化歸日出主聖德深恩與人富厚冬多霜雪夏多和雨寒温時適部人多有涉危歷險不遠萬里去俗歸德心歸慈母

遠夷懷德歌

荒服之外土地墝埆食肉衣皮不見鹽穀吏譯傳風大

漢安樂攜負歸仁觸冒險狹高山岐峻緣崕磻石木薄發家百宿到洛父子同賜懷抱匹帛傳告種人長願臣僕

射烏辭　漢明帝起居注曰上東巡泰山到滎陽有烏飛鳴乘輿上虎賁郎王吉射之中而祝曰云云帝大悅賜錢二百萬令亭壁悉畫烏焉亦載風俗通　漢王吉

烏烏啞啞引弓射洞左腋陛下壽萬年臣爲二千石爲一作至

冉冉孤生竹　文心雕龍云孤竹一篇傅毅之辭　漢傅毅

冉冉孤生竹結根泰山阿與君爲新婚菟絲附女蘿菟

絲生有時夫婦會有宜千里遠結婚悠悠隔山陂思君令人老軒車來何遲傷彼蕙蘭花含英揚光輝過時而不采將隨秋草萎亮君執高節賤妾亦何爲

同前 拾遺作擬古　宋何偃

流萍依清源孤鳥親宿止蔭幹相經縈風波能終始草生有日月婚年行及紀思欲侍衣裳關山分萬里徒作春夏期空望良人軌芳色宿昔事誰見過時美涼鳥臨秋竟歡願亦云已豈意倚君恩坐守零落耳 臨一作散

怨篇　漢張衡

序曰秋蘭嘉味人也嘉而不獲用故作是詩也

猗猗秋蘭植彼中阿有馥其芳有黄其葩雖曰幽深厥美彌嘉之子之遠我勞如何之遠一作云遠

歌見太平御覽文心雕龍曰張衡怨篇清曲可味仙詩緩歌雅有新聲此或仙詩緩歌之遺句耶

漢張衡

浩浩陽春發楊柳何依依百鳥自南歸翱翔萃我枝萃一作集

同聲歌

樂府解題曰同聲歌漢張衡所作也言婦人自謂幸得充閨房願勉供婦職不離君子思爲莞簟在下以蔽匡牀衾裯在上以護霜露繾綣枕席沒齒不忘焉以喻臣子之事君也晉傳玄何當行曰同聲自相應同心自相知言結交相合其義亦同

漢張衡

邂逅承際會得充君後房情好新交接恐慄若探湯不才勉自竭賤妾職所當綢繆主中饋奉禮助蒸嘗思爲莞蒻席在下蔽匡牀願爲羅衾幬在上衛風霜灑掃清枕席鞮芬以狄香重戶結金扃高下華燈光衣解巾粉御列圖陳枕張素女爲我師儀態盈萬方衆夫所希見天老教軒皇樂莫斯夜樂沒齒焉可忘[思爲莞蒻席一作願思爲莞席]

[狄一作秋　夫一作大]

何當行

晉傅玄

同聲自相應同心自相知外合不由中雖固終必離管鮑不世出結交安可爲

定情歌

漢張衡

大火流兮草蟲鳴繁霜降兮草木零秋爲期兮時已征
思美人兮愁屏營

定情詩

樂府解題曰定情詩漢繁欽所作也言婦人不能以禮從人而自相悅媚乃解衣服玩好致之以結綢繆之志若臂環致拳拳指環致殷懃耳珠致區區香囊致扣扣跳脫致契闊佩玉結恩情自以爲志而期於山隅山陽山西山北終而不答乃自傷悔焉

魏繁欽

我出東門遊邂逅承清塵思君即幽房侍寢執衣巾時
無桑中契迫此路側人我既媚君姿君亦悅我顏何以
致拳拳綰臂雙金環何以致殷懃約指一雙銀何以致

區區耳中雙明珠何以致叩叩香囊繫肘後何以致契
闊繞腕雙跳脫何以結恩情珮玉綴羅纓何以結中心
素縷連雙針何以結相於金薄畫搔頭何以慰別離耳
後瑇瑁釵何以答歡悅紈素三條裾何以結愁悲白絹
雙中衣與我期何所乃期東山隅日旰兮不至谷風吹
我襦遠望無所見涕泣起踟躕與我期何所乃期山南
陽日中兮不來飄風吹我裳逍遙莫誰覩望君愁我腸
與我期何所乃期西山側日夕兮不來躑躅長歎息遠
望涼風至俯仰正衣服與我期何所乃期山北岑日暮
兮不來淒風吹我衿望君不能坐悲苦愁我心愛身以

何爲惜我華色時中情旣欵欵然後尅密期褰衣躡茂草謂君不我欺厠此醜陋質徙倚無所之自傷失所欲淚下如連絲於一作捘

九曲歌　漢李尤

年歲晚暮時已斜安得力士翻日車闕

同前　晉傅玄

歲暮景邁羣光絶安得長繩繫白日闕景太平御覽作時白日作日月

羽林郎漢書曰武帝大初元年初置建章營騎後更名羽林騎屬光祿勳又取從軍死事之子孫養羽林官教以五兵號羽林孤兒後漢書百官志曰羽林郎掌宿衛侍從常選漢陽隴西安定北地上郡西河凡六郡良家補之又有胡姬年十五亦出於此按以當壚雖出司馬相如傳然

以入曲實始此辭今亦附後

漢辛延年

昔有霍家奴姓馮名子都依倚將軍勢調笑酒家胡胡姬年十五春日獨當壚長裾連理帶廣袖合歡襦頭上藍田玉耳後大秦珠兩鬟何窈窕一世良所無一鬟五百萬兩鬟千萬餘不意金吾子娉婷過我廬銀鞍何煜爚翠蓋空踟躕就我求清酒絲繩提玉壺就我求珍肴金盤鱠鯉魚貽我青銅鏡結我紅羅裾不惜紅羅裂何論輕賤軀男兒愛後婦女子重前夫人生有新故貴賤不相踰多謝金吾子私愛徒區區霍家奴郭本作趙家姝鬟一作環

胡姬年十五詩不似晉五言律祖作梁劉琨

晉劉琨

虹梁照曉日淥水泛香蓮如何十五少舍笑酒壚前花將面自許人共影相憐回頭堪百萬價重爲時年

當壚曲

漢書曰司馬相如與卓文君俱之臨邛盡賣車騎買酒舍乃令文君當盧相如身自著犢鼻褌與庸保襍作滌器於市中郭璞曰盧酒盧也顏師古曰賣酒之處累土爲盧以居酒甕四邊隆起其一面高形如鍛盧故名盧當壚曲蓋取此題云賦得當壚

梁簡文帝

十五正團團流光滿上蘭當壚設夜酒宿客解金鞍迎來挾琴易送別唱歌難欲知心恨急翻令衣帶寬琴一作瑟

同前

一作挾琴歌

沈滿願

逶迤飛塵唱宛轉遶梁聲調弦可以進蛾眉畫未成

同前 載詩話補遺按首二句卽之敬烏棲曲末二句 陳岑之敬

明月二八照花新當壚十五晚留賓回眸百萬橫自陳

挾琴歌 北齊魏收

春風宛轉入曲房兼送小苑百花香白馬金鞍去未返紅粧玉筯下成行

董嬌嬈 漢宋子侯

洛陽城東路桃李生路傍花花自相對葉葉自相當春風東北起花葉正低昂不知誰家子提籠行採桑纖手折其枝花落何飄颻請謝彼姝子何爲見損傷高秋八九月白露變爲霜終年會飄墮安得久馨香秋時自零

落春月復芬芳何時盛年去懽愛永相忘吾欲竟此曲此曲愁人腸歸來酌美酒挾瑟上高堂愛一作好

古怨歌 竇玄妻

竇玄狀貌絶異天子使出其妻妻以公主妻悲怨寄書及歌與玄時人憐而傳之亦名豔歌按玄妻與玄書有云衣不厭新人不厭故云云

煢煢白兔東走西顧衣不如新人不如故

焦仲卿妻作 一云古詩爲焦仲卿妻作

序曰漢末建安中廬江府小吏焦仲卿妻劉氏爲仲卿母所遣自誓不嫁其家逼之乃沒水而死仲卿聞之亦自縊於庭樹時人傷之爲詩云爾

孔雀東南飛五里一徘徊十三能織素十四學裁衣十五彈箜篌十六誦詩書十七爲君婦心中常苦悲君既

爲府吏守節情不移賤妾留空房相見常日稀雞鳴入
機織夜夜不得息三日斷五疋大人故嫌遲非爲織作
遲君家婦難爲妾不堪驅使徒留無所施便可白公姥
及時相遣歸府吏得聞之堂上啓阿母兒已薄祿相幸
復得此婦結髮同枕席黃泉共爲友共事二三年始爾
未爲久女行無偏斜何意致不厚阿母謂府吏何乃太
區區此婦無禮節舉動自專由吾意久懷忿汝豈得自
由東家有賢女自名秦羅敷可憐體無比阿母爲汝求
便可速遣之遣去慎莫留府吏長跪告伏惟啓阿母今
若遣此婦終老不復取阿母得聞之槌牀便大怒小子

無所畏何敢助婦語吾已失恩義會不相從許府吏默
無聲再拜還入戶舉言謂新婦哽咽不能語我自不驅
卿逼迫有阿母卿但暫還家吾今且報府不久當歸還
還必相迎取以此下心意慎勿違吾語新婦謂府吏勿
復重紛紜往昔初陽歲謝家來貴門奉事循公姥進止
敢自專晝夜勤作息伶俜縈苦辛謂言無辠過供養卒
大恩仍更被驅遣何言復來還妾有繡腰襦葳蕤自生
光紅羅複斗帳四角垂香囊箱簾六七十綠碧青絲繩
物物各自異種種在其中人賤物亦鄙不足迎後人留
待作遣施於今無會因時時爲安慰久久莫相忘雞鳴

外欲曙新婦起嚴粧著我繡裌裙事事四五通足下躡
絲履頭上玳瑁光腰若流紈素耳著明月璫指如削葱
根口如含珠丹纖纖作細步精妙世無雙上堂拜阿母
阿母怒不止昔作女兒時生小出野里本自無教訓兼
愧貴家子受母錢帛多不堪母驅使今日還家去念母
勞家裏却與小姑別淚落連珠子新婦初來時小姑始
扶牀今日被驅遣小姑如我長勤心養公姥好自相扶
將初七及下九嬉戲莫相忘出門登車去涕落百餘行
府吏馬在前新婦車在後隱隱何甸甸俱會大道口下
馬入車中低頭共耳語誓不相隔卿且暫還家去吾今

且赴府不久當還歸誓天不相負新婦謂府吏感君區
區懷君既若見錄不久望君來君當作盤石妾當作蒲
葦蒲葦紉如絲盤石無轉移我有親父兄性行暴如雷
恐不任我意逆以煎我懷舉手長勞勞二情同依依入
門上家堂進退無顏儀阿母大拊掌不圖子自歸十三
教汝織十四能裁衣十五彈箜篌十六知禮儀十七遣
汝嫁謂言無誓違汝今何罪過不迎而自歸蘭芝慙阿
母兒實無罪過阿母大悲摧還家十餘日縣令遣媒來
云有第三郎窈窕世無雙年始十八九便言多令才阿
母謂阿女汝可去應之阿女含淚答蘭芝初還時府吏

見丁寧結誓不別離今日違情義恐此事非奇自可斷
來信徐徐更謂之阿母白媒人貧賤有此女始適還家
門不堪吏人婦豈合令郎君幸可廣問訊不得便相許
媒人去數日尋遣丞請還說有蘭家女承籍有宦官云
有第五郎嬌逸未有婚遣丞爲媒人主簿通語言直說
太守家有此令郎君既欲結大義故遣來貴門阿母謝
媒人女子先有誓老姥豈敢言阿兄得聞之悵然心中
煩舉言謂阿妹作計何不量先嫁得府吏後嫁得郎君
否泰如天地足以榮汝身不嫁義郎體其往欲何云蘭
芝仰頭答理實如兄言謝家事夫壻中道還兄門處分

適兄意那得自任專雖與府吏要渠會永無緣登卽相許和便可作婚姻媒人下牀去諾諾復爾爾還部白府君下官奉使命言談大有緣府君得聞之心中大歡喜視曆復開書便利此月內六合正相應良吉三十日今已二十七卿可去成婚交語速裝束絡繹如浮雲青雀白鵠舫四角龍子幡婀娜隨風轉金車玉作輪躑躅青驄馬流蘇金鏤鞍齎錢三百萬皆用青絲穿雜綵三百疋交廣市鮭珍從人四五百鬱鬱登郡門阿母謂阿女適得府君書明日來迎汝何不作衣裳莫令事不舉阿女默無聲手巾掩口啼淚落便如瀉移我琉璃榻出置

前牕下左手持刀尺右手執綾羅朝成繡袂裙晚成單
羅衫晻晻日欲瞑愁思出門啼府吏聞此變因求假暫
歸未至二三里摧藏馬悲哀新婦識馬聲躡履相逢迎
悵然遥相望知是故人來舉手拍馬鞍嗟歎使心傷自
君别我後人事不可量果不如先願又非君所詳我有
親父母逼迫兼弟兄以我應他人君還何所望府吏謂
新婦賀卿得高遷盤石方且厚可以卒千年蒲葦一時
紉便作旦夕間卿當日勝貴吾獨向黄泉新婦謂府吏
何意出此言同是被逼迫君爾妾亦然黄泉下相見勿
違今日言執手分道去各各還家門生人作死别恨恨

那可論念與世間辭千萬不復全府吏還家去上堂拜
阿母今日大風寒寒風摧樹木嚴霜結庭蘭兒今日冥
冥令母在後單故作不良計勿復怨鬼神命如南山石
四體康且直阿母得聞之零淚應聲落汝是大家子仕
宦於臺閣愼勿爲婦死貴賤情何薄東家有賢女窈窕
豔城郭阿母爲汝求便復在旦夕府吏再拜還長歎空
房中作計乃爾立轉頭向戶裏漸見愁煎迫其日牛馬
嘶新婦入青廬菴菴黃昏後寂寂人定初我命絕今日
魂去尸長留攬裙脫絲履舉身赴清池府吏聞此事心
知長別離徘徊顧樹下自掛東南枝兩家求合葬合葬

華山傍東西植松柏左右種梧桐枝枝相覆蓋葉葉相交通中有雙飛鳥自名爲鴛鴦仰頭相向鳴夜夜達五更行人駐足聽寡婦起傍徨多謝後世人戒之愼勿忘

前拜阿母一作謝阿母交廣一作交用

古樂苑卷第三十二終